过有松弛感的人生

杨翔 著

湖南文艺出版社
HUNAN LITERATURE AND ART PUBLISHING HOUSE

博集天卷
CS-BOOKY

慢下来，把日子过得有趣

平凡的日子、平凡的人生才最可贵

知足

恒心

推荐序

　　杨翱是我身边的助手，有十余年了。最初我们是在微博上认识的，他常在我的微博里留言、评论。我发现他读过我的每一本书，他的文字也有趣，便开始关注。

　　刚认识时，杨翱独自一人从香港到内地旅游，在网上为网友"测字"，赚取旅费，游遍全国，把整个过程用文字记录在微博上，偶尔我转发一条，读者也跟着关注。到他游玩够了，回到香港，我便让他在我身边工作。

　　这十来年，杨翱协助我跟出版社沟通，并负责整理我的文章，根据出版社的要求编散文集，他又有了半个经纪人的角色，替我挡掉不少不必要的工作及应酬。在内地出差，他经常陪同，为我安排好行程。我去年开始写日记，每日写好了，将原稿拍照给他，由他打字，再传回来由我修改，定稿后由他发到各平台。

近年疫情，杨翔说没事可干，便躲在家里生娃娃，如今与太太有了一儿两女，定居在东莞，享天伦之乐。去年看他在微博上又重新开始记录生活点滴，文字读起来颇有趣味，便鼓励他继续写下去，没想到一下子就有出版社来联系，劝他每天写一千字的长文，结集成书。

杨翔写的大多是日常生活的琐事，像智能家电、家中常备的药品等，我都在自己的日记里回应，还有他写与家人的相处方式，分享最新的电视节目与电影，又把家常菜的做法记录下来，读起来非常轻松。

前几天，杨翔跟我说第一本新书已经编辑好了，准备出版，出版社让我写一篇序。读过我文章的人都知道，我一向不喜欢写序，读者不会因为我的一篇序而买书。杨翔从零开始，勤力地写，如今已累积了一群忠实读者，实在为他高兴。

现在认识杨翔的读者不算多，当今为他写这篇序文，把这位努力的作者介绍给大家，也希望杨翔继续坚持写作，写出更多精彩的文章。

是为序。

蔡澜

二〇二三年八月

自序

先生的书，向来无序。我的新书出版，需要写一篇自序，其实颇觉为难。

从商品的角度来说，一篇序文，除了是商品简介、说明书，也是推销文章。若要推销，难免自卖自夸，我生性直率，写不出矫情扭捏的文章，所以这篇序文，拖到最后一刻，才决心下笔。

去年八月，先生在微博连载日记，我负责为先生将其整理成电子档，再由同事Cherry（彻丽）在各个社交媒体发布。看先生每天写文章，内容亲切有趣，便也起了写文章的念头。一开始我是在微博上写一百四十字的小段落，记录日常生活，写了大概半个月，收到先生传来的信息："这几天看你开始写生活点滴，甚为有趣，也许一两篇不成气候，若能养成每天写的习惯，将颇可观也。"原来，先生每天都会阅读我的文章，这是对我最大的鼓励，自此，更坚定了我每天写的决心。

又写了一个月，合作多年的编辑好友发来电子邮件，说短文虽有趣，但行文太短，看得不够过瘾，问我能不能每天写一千字的文章。我回复："非不能也，实不为也。"以往读中学，常写千字以上的长文，字数不成问题，主要是没有动力驱使我写。编辑说，如果能坚持一年，他会为我安排出书；如果坚持不下去，我便要请他吃一顿米其林餐厅的大餐。我把我们的赌约发到微博，卢健生兄留言，说相信我会赢。先生留言，打赌白饭一碗。我当然知道这是他们对我的鼓励，便决定应约，开始写千字长文。

无可否认，我的文章受先生影响甚深。无论是行文风格还是写作态度，都在无意中模仿着先生。当然，我的人生经历、见识及文艺修养，都不及先生的万分之一。我努力学习的，是先生一直强调的"真"。数了数大半年来写的文章，已超过两百篇，共计三十余万字。第一本散文集，收录了当中的十余万字，约一百篇文章。重读又重读，似在回忆过去半年的生活，里面有日常生活的记录、游记、影视评论、食评，虽然内容散乱，但起码每一个字、每一篇文，都是自己亲身经历，不敢有半点虚构。

一个生活简单、社交封闭的人，生活里没什么趣味。我总在生活里发掘最简单的乐趣，将这些每个人都触手可及的快乐，与大家分享，大概这就是我坚持写这些文章的原意。

我对数字并不敏感，从来不会去看每条微博的阅读量、转发数和点赞数，但我知道，有好些读者朋友，每天都在追读这些文章，逐渐地，我心里多了一份责任感，偶有疲乏或生病的日子，想要偷懒，但只要想到读者朋友可能在不停刷新手机，等着我的文章，便无论如何都坐下来写。如今科技发达，只要有手机、有网络，便可写文章发布，根本没有借口偷懒。

正是因为背负着先生的期望与读者的支持，我这个生性慵懒的人，才能坚持写下去。

文章能结集成书，我自己当然高兴，毕竟从小到大，父母都希望我能写一本属于自己的书，如今终于达到他们的期望，也算报答他们多年来的养育之恩。在此必须感谢先生多年来的教导与包容、卢健生兄对我的提点与意见、读者朋友的支持与鼓励，还有博集天卷愿意协助我这个无名之辈出版，编辑王远哲先生一直给予我的建议和帮助。

最重要的是太太琴芳和孩子们，给我了一个温馨又完整的家，为我每天写作提供题材，并让我有一个安心创作的环境。

是为序。

目录

知足常乐

常乐

双城生活

生活

自寻快乐

平淡生活

知足常乐

杨翱家宴

　　我的性格颇内向，不喜交际应酬，所以身边朋友不多。偶尔与朋友聚餐，我都会邀请对方到我家吃饭，一来喝酒抽烟不受限制，二来可以做一些平时较少吃到的菜式，最重要是自己做的菜，可以根据朋友的口味来调整，而不是一张冷冰冰的菜单，这才是家宴的意义。

　　说是家宴，最基本要有小菜、主菜、汤、主食、甜点，否则愧对一个"宴"字。早上先到市场买食材，开始准备，到晚上六点半就可准时开席。家里没有什么新奇的烹调器具，也无甚名贵食材，做的都是大家可以在家里处理的菜，有兴趣也可以试着做。

　　我做菜必需猪油，所以炼油永远是第一步。从市场的猪肉摊随时可以买到大块的猪油，价钱便宜，买两斤回去，可用很久。

先把原块猪油用清水洗净，然后用利刀将猪油慢慢切成骰子般大，大小尽量均匀，但有偏差也无所谓。切猪油是最费力气和工夫的，一只手按着大块猪油，一只手拿刀切，很容易打滑，我的经验是先把猪油改成数条长条，再慢慢切细，戴上洗碗用的防滑手套来切，会比较方便。

切好后，在空气炸锅底部先放一两片姜和一把葱白，再把猪油粒放进去，调200℃，时间长短则看猪油分量多少，一般是一斤猪油二十分钟，每多一斤就再加十分钟，各家机器不同，多试就知道。炸出来的猪油清澈透明，冷却后洁白如雪，最重要的是猪油渣每粒都酥脆。用个大碗把猪油盛好，猪油渣分成三份，其中两份用作前菜，一份备用。

要花时间准备的是汤。我最常做的是"番茄土豆牛腩汤"。近年内地兴起的番茄汤底火锅，汤底都加入大量番茄酱，味道带甜，古怪得很。做番茄料理，没有什么大道理，只有一点需要谨记：下足材料。

要下多少番茄呢？按每碗汤一个番茄的量来准备就可以了，我一般是下八个西红柿，两个土豆，一斤牛腩。牛腩必须带肥肉，煮出来才香浓。先准备一个大汤锅，锅底放几片姜，然后把番茄及土豆切块，牛腩切成麻将牌大小，全部倒进锅里，再注入冷水，便可以开始煲，大火煮开后转小火慢慢熬就是了，一般熬两个小时就很好喝，牛腩也软熟，蘸点酱油吃，已是一道下饭菜。如果熬三个小时，土豆和番茄都会变成泥，牛腩会碎成肉丝，这时候汤很浓稠，但就少了汤料可吃，适合用来煮面。煲这个汤不能下盐，要用鱼露来调味，会香甜很多。至于为什么，我也不知道，只是经验之谈。

广东人吃宴席，必须有鱼。家里做，最简单的当然是鲈鱼，以前吃到的海鲈鱼，肉结实、味清香，怎么蒸都好吃，根本不需要下调料。现在已很难买到野生的。蒸鲈鱼，吃的只是蒸鱼豉油的味道，不宜宴客。如今我家常吃的是马友鱼，马友鱼的皮下永远都有一层鱼油，无论蒸、烤、煎，都好吃。我是潮汕人，爱做鱼饭。先把鱼杀干净，清水洗一遍。在铁锅中放凉水，下大量海盐，煮沸后关火放凉。等水不再冒烟，便把鱼放进去，开火再煮。等水再沸即熄火，放在盐水中泡几分钟，等鱼熟透后，捞起抹干，用碟子装好，放进冰箱，宴客时再拿出。这时油脂结成一层鲜黄色的鱼膏，掀开鱼皮，在鱼肉上荡漾，用筷子夹起来，鱼油和鱼肉不散，清香扑鼻，不须蘸酱，满口都是海洋的味道。

如果不是寿宴，我不会刻意准备鸡，会用乳鸽代替。家里没有大型烤炉，肯定做不出外面红烧乳鸽的味道，还是做盐焗乳鸽方便。按照每人一只准备，到市场请档主先处理好，记得要把鸽子肝带走。先用猪油涂抹乳鸽内外，再铺上盐，每只都用锡纸包好，就可放进烤箱中，160℃烤四十分钟，这样皮不会焦，但有嚼劲，肉嫩滑多汁，再准备一碟辣椒圈酱油来蘸。每人一只是不够的，但也不能贪多，否则其他菜就吃不下了。

卤味是家宴的必备菜，容易做又惹味（食物味道出众，让人回味、难忘），最重要是百搭。我家的卤水食材有五花肉、猪脚、牛腱、莲藕、豆腐、鸡蛋，还有最重要的鸽子肝。做法简单，先把食材洗干净，切大块，鸡蛋煮熟去壳，用一个深底锅，倒生抽进去。做卤水不需要用太好的酱油，但加一两勺子太油（一种高级酱油）的确会好吃很多。再加两倍的水，然后就是香料包了。各家有不同配方，可根据个人口味调整，基本的是：八角、桂皮、花椒、白胡椒、陈皮、姜、葱，爱吃辣的可加干辣椒。用纱布袋装起，放进锅中，把卤水煮开了，就可放冰糖，再煮开了就开始下食材。莲藕、鸡蛋和猪脚要先放，这些要煮久一点，大约二十分钟后再放五花肉、牛腱和豆腐。再过二十分钟，下鸽子肝。接着再煮二十分钟，整锅卤水芳香四溢，便可熄火，把食材分别捞出再切小，上桌前再淋上一大勺卤水，可下酒可下饭，无人不喜。

这些都准备好了，客人也应该陆续抵达了，可先上小菜让客人配茶。之前分成三份的猪油渣，先取两份出来，用保鲜袋装好其中一份，加入盐花、黑胡椒和孜然粉，摇匀后倒出，比任何薯条都好吃。另外一份用个小碗装好，下鱼露、青柠檬汁及指天椒圈拌匀，香辣刺激，非常开胃。另外家里常备的有澄海咸菜，切粒后拌入白糖和姜蓉，也是可口的小菜。

　　再下来就是现炒的菜了。最简单的是炒芥蓝，先把芥蓝的硬皮削去，再切得长短均匀，当然，这只是为了雅观，自己在家里吃没必要花这种功夫。拿一大块姜切片，用两只勺子夹压姜片，便可收集姜汁，装碗里备用。猪油下锅，大火烧热，下蒜蓉，稍冒烟便可下芥蓝，翻炒七八秒，便下姜汁。这时必须持续用猛火来炒，等闻到姜的香气，便按顺序下丁点白糖、少许黄酒、适量鱼露、一大把猪油渣，再炒均匀，便可熄火装碟上桌，整个翻炒过程在两分钟以内，是一道又快又好吃的炒菜。

　　炒鸡蛋是最多变化的菜，可根据当天客人的喜好来调整。做法万变不离其宗，按人数下鸡蛋，每人一个，拌匀，下鱼露、葱花，然后就是百搭的配料了。如果客人重口味，可下腐乳，拌匀后炒出来看不出特别，但吃到嘴里却有惊喜，肯定会成功。另一种就是西餐常见的黑松露酱，只要下得足够，不可能失败。香港朋友到访，我会下午餐肉丁，是香港人常吃的早餐，炒出来的鸡蛋，红黄绿三色，非常好看，撒点黑椒粒更是完美。炒的方法简单，猪油下锅，大火烧至冒烟，即下蛋液，调至最小火，根据个人喜欢的生熟程度出锅即可，即使初次做也不会失败。

　　一般来说，六到八个人的家宴，这些菜，加上五常米饭和番茄汤，已经完全够吃，但有时候酒酣耳热，聊久了又开始饿，可再做一两个下酒菜。冰箱里常备的是江鱼仔，先下油到煎锅，切些姜丝，再下江鱼仔，本身已有咸味，煎两三分钟，表面微焦便可出锅。家里如有吐司，可拿两三片出来切成小块，涂点黄油，将几粒蒜头剁成蓉，撒在面包表面，放进空气炸锅，200℃四分钟，便是酥脆的蒜蓉吐司，也很下酒。

有时候因为喝酒而没吃主食，到宴后开始饿了，便可做煎饼。超市里有很多速冻手抓饼，可以在煎的时候加马苏里拉芝士及西班牙香肠片，加番茄酱略平淡，反而用千岛酱混合黄芥末涂上去，味道便截然不同。如果客人能吃辣，我会煮一包辛拉面，下少点水，辣粉全部加入，这样煮出来的面又辣又有嚼劲，再加几片存放在冰箱的韩国泡菜，又冷又热，吃得一身汗。

到这个时候，应该都已吃得八九分饱，酒也差不多喝够了。临别之前奉上甜点，太太爱吃水果，每天都会买新鲜的，她也会挑选，一般不会让人失望。更简单的是在超市买明治牌的各种雪糕。如果是冬天，我会用潮汕老药桔煮一壶水，再拿出蜂蜜，让客人自行添加。客人之中若有小孩，就把香蕉直切，像两条小船，一半涂满巧克力酱，一半撒满白糖，放进烤箱，180℃烤五分钟，烤出两种味道和口感的香蕉，孩子都嚷着让父母回家学着做，大家都满意而归。

其实朋友到家，事前有准备当然好，如果临时造访，冰箱里有什么做什么，也是一种乐趣。喝什么酒、品什么茗，也无所谓，主要是真情实意地做朋友喜欢吃的，比任何星级餐厅的菜品都美味。

我的阅读经验

打开电脑，"喜马拉雅"App自动开启，提醒我有新版本需要更新。按下按钮，一分钟就更新好。新的宣传语中大概有"百万音频"的说法，好家伙，我在想，一个人如果每天从早到晚不停地听，是否有机会把全部内容听完。

所有人都说，现在是一个"知识爆炸"的年代，随着数码保存越来越方便，全世界百分之九十的书籍、音频、电影在网络上都可找到，古代还有人可以说自己"读遍天下书"，到了现在，已经没人有资格说这句话。其实老祖宗庄子就说过"吾生也有涯，而知也无涯"，如何利用有限的时间，选择合适的书来读，才最重要。

我每天都会看书和听音频，有时是想学习某方面的知识，有时则只是为了解闷。不能说自己读的书多，这篇文章只是想写自己的阅读经历。

我成长于二十世纪九十年代，那时候没有手机，家里电视也只有父母能看，日常无甚娱乐，只能读书。记得我在小学时代看完了四大名著，似懂非懂，然后就看《福尔摩斯探案集》，开始喜欢看小说。那时候香港的图书馆很多，借书看也很方便，每两天读一本"卫斯理"系列小说。其后就是读金庸先生的小说了。那个时候已觉得图书馆很大，一辈子都不可能把里面的书读完，只能选自己有兴趣的来读了。

同学们之间会互相分享阅读的经验，听到别人说哪些书有趣，自己也会跟着找来读。并非每个人都爱看文字，有位同学只看漫画，和我们分享了《金田一少年事件簿》《灌篮高手》《龙珠》《圣斗士星矢》等漫画，说得绘声绘色，我们听得津津有味。每天学校休息时间，大家都聚在一起，等着他说书，如果现在跟他还有联系，我肯定推荐他到"喜马拉雅"当声音主播。

听他说完，我们都跟着找漫画来看。这类书，政府的图书馆都没有，只有到学校附近的漫画店去租阅，五块钱两本，租一天，第二天准时归还，再租两本，一个月下来就看六十本，零用钱大部分都交给了漫画店。后来与几位同学约好，各租两本，第二天带回学校，上课时换着看，每天就可看十本，效率大幅提升。结果学校有一次"搜书包"，把漫画全部没收，我们没书还给漫画店，也没钱赔，从此没脸再去，也就断了看漫画的瘾。

散文是初中开始读的。有一年到澄海看望义父母，那时候从香港到潮汕，最方便是坐船，下午四点从香港上船，第二天早上九点到达。船上有赌场和歌舞厅，但当时还是个小孩，只能待在床上看书。在码头书店看到《老澜游记（一）》《老澜游记（二）》，那时候语文课刚教完《老残游记》中大明湖那一篇，觉得书名有趣，便买来看。印象最深刻的是书里写蔡先生与金庸先生到北欧坐邮轮。我刚好也在船上，看得身临其境，从此便追看蔡先生的文章。除了先生的散文，我也爱看丰子恺先生的文章。我还是爱阅读轻松的文章，严肃正经的，与我个性不符。

后来高中选了文科，古代散文读得更多，但现当代的散文，却不大喜欢。香港报纸上的专栏作家，看来看去都是那么几位，除了蔡先生的专栏每天必看，其他的也不大愿意追读。我无大志，对时政不感兴趣，还是喜欢看描写日常生活的文章，所以古人文章里，还是喜欢苏轼写的，便找了全集来看。之后又读他的各种传记，再由此找北宋的历史来看，在心里整合出一个完整的苏轼形象，高中时写了一篇关于苏轼的文章，参加比赛，拿了冠军，有五千元的奖金，那应该算是我第一笔自己赚的钱。

李白也是我喜欢的作家，便依样画葫芦地读关于他的一切。读完这两个作家的文章和相关史料，确实对高考有很大帮助，文史哲相通，有了这些基础知识，再学任何文科知识，都变得简单。本来第一次高考后，我可读香港大学文学院，但因家逢巨变，便被迫出来工作了几年。

在刚出来工作的前几年，我年少气盛，常与人吵架，又自以为是，觉得自己本该是个大学生，看不起其他人，所以吃了不少亏。工作了四年，便决定自修一年，重考高考。那时候在书店里工作，专管仓库，每天把仓库收拾好，便坐在角落看书。那时候看得最多的是历朝史书，《二十四史》是在那一年里粗略读完的，还有钱穆先生的《中国历代政治得失》和《国史大纲》，黄仁宇先生的《万历十五年》等，店里都有，随时可读。那时候赚到的，不是金钱，而是尽情阅读的时间。

在高考前半年，我转到了香港一所名校当中文科教学助理，当时的校长看到我第一次高考的成绩，也劝我一定要考个大学学位，日后可以回来当个正式教师。当教学助理每天的工作就是给高中生整理模拟试卷及参考答案，我自己本来就在准备高考，这份工作就等于由学校资助我复习。每日工作之外，我还发现了一个叫"维基文库"的网站，可以免费阅读古籍，那时候开始看历代小说，《三言两拍》《搜神记》《聊斋志异》《隋唐演义》等，都是在那个阶段读完的。

这两份工作让我有充足的时间准备高考，也积累了更多知识，考上香港中文大学中文系，也是理所当然的事。进了大学，反而失了目标，毕竟我已经工作了几年，与从高中直接考上大学的同学心态上有分别。于是在开学半年后，便逃学跑到内地流浪。那时候智能手机刚流行，微博也是在那年开始发展的，我用智能手机查资料、买车票、订酒店、发微博，晚上则上"起点"读当时开始流行的网络小说，那时候审查较少，文章尺度颇大。

到后来就开始为蔡先生工作，除了每天阅读整理先生的散文，也读更多历史书，尤其是外国历史。毕竟我求学阶段读的大多是我国历史，对外国历史只知大概，而没有深入了解。

年轻时爱玩的电子游戏《大航海时代》，让我对地理有了初步认识，由于没有深入学习过，后来便开始补这方面的知识，买了一套名为《美丽的地球》的书，这套书按七大洲分成七册，详细介绍各大洲的风土人情，非常值得读。其后接触到另一个游戏系列《刺客信条》，每部都有真实的历史背景，从埃及艳后的年代、希腊伯罗奔尼撒战争、维京人侵略欧洲，到意大利文艺复兴、巴黎大革命、美国南北战争、英国维多利亚时代等，每玩一部，就找那个时代的相关书籍来看，将知识与游戏结合起来，是最美好的娱乐。

近年疫情，困在家里，本是读书的好时光，但因为有了孩子，总得腾出双手照顾，便戴着耳机听书，听的多是相声，再就是一些外国小说，像我一再推荐的《猎魔人》，还有先生推荐的尤·奈斯博系列，另有东野圭吾的推理小说等，都听得愉悦。如果孩子睡了，我就会翻看一些优质书，如《食帖》《知日》《知中》，这几种书由中信出版社出版，制作精美，每本一个主题，内容丰富，可慢慢阅读，消磨时光。

家里其实存书甚多，再过二三十年也未必能全部读完，但也无所谓了，反正阅读像烹饪、像运动，是一件让人愉悦的事，是一种兴趣爱好。如果经常给自己压力，要读完多少本书、写多少读书笔记，便已变成任务、工作，正应了庄子那句："以有涯随无涯，殆已！"

忆香港

久未回港，上一次回去，已是2019年8月5日，我父亲的六十岁生日，在镛记摆寿宴。当时太太刚怀了孩子，成了他最大的寿礼。本来约好了当年年底，爸妈来东莞过年，然后一起等女儿出生，岂料疫情暴发，分隔两地，至今三年多，未曾回过香港的家。

经常想起的，是西营盘修打兰街的炳记茶餐厅，从出生吃到二十三岁，搬家到元朗之前，几乎每天都在那里吃早餐。除了菜品花样众多，最重要的是跟店家感情深厚，每次到店，不必点餐，里面的伯伯和婶婶都会给我准备好，吃完也不必付钱。我们全家都在那里吃，每个月由爸爸跟对方结一次账，大家从来都不会细算金额是否正确，有时多付、有时少付，也就几十块钱的事，这种情谊，再也找不到别的店家可以代替。其后每次回港，必定回去探望，上次回去，店里的长辈都已白发斑斑，如今又过了三年多，只希望他们都健康。茶餐厅还在不在，已不要紧。

以往若有工作要处理，先生都会安排在九龙城街市的乐园茶餐厅开会，怀念那里的浓茶、沙嗲牛肉西多士、雪菜丝午餐肉炒米粉。如果人多，先生还会在街市附近带些烧味、鱼饭、卤味、印尼小吃，摆满长桌，把早餐当成筵席，第一次参加的朋友总会"哇"的一声叫出来，肯定不会忘记。

想吃的东西则甚多。TONKICHI的炸猪扒，是东莞吃不到的，单是免费的高丽菜，就完全不同，干净、清甜。猪扒更是没的比，价格当然比普通店贵得多，但任何时候去，门外都有人龙，大家都不是傻子，如果不好吃，谁愿意去排队付高价？看先生文章说又开了一家新店，能回去就肯定要带妻儿去试试。

翠华餐厅的咖喱牛腩是我最爱的味道。日本咖喱很香，但不辣；泰国的够辣，却较单调；马来式的最对胃口了，据说翠华的老板当年花高价买来咖喱配方，凭此发家，不知是否属实，但的确是好吃，想起都会垂涎。

在东莞，有一家我很信赖的居酒屋，经理常把最好的刺身留给我，价格也很合理，所以并不怀念香港的日本餐。东南亚菜则还是香港做得出色，毕竟有各地外佣在香港，有些取得永久居留权后，便落地生根，开起小摊。元朗又新街晚上有一个印尼人摆的炸物摊，一对夫妻推着一辆小车，一边放着各种食材，另一边放个油锅，现点现炸，主要是炸鸡，也有鱼饼、虾饼等，再涂上他们自制的酸辣酱，非常好吃。但并非每天都在，谁也摸不清他们的营业规律，想吃要看缘分。

除了想念香港的吃的，还想坐一下香港的电车。读中学时和同学们一起回家，大家为了多聊一会儿，从北角回西营盘，都选择坐电车。如果搭巴士，二十分钟便要分别，乘电车的话，最快也得四十分钟，有时候堵车，便要一个小时。那时候大家没有手机，都珍惜相聚的一分一秒，这些美好的回忆，想起都会微笑。

怀念的还有当年几乎每条路上都有的电子游戏厅，是我们最喜欢的娱乐场所，我未接受过正式音乐训练，但后来能玩乐队，完全是在电子游戏厅里玩架子鼓机和吉他机学到的技巧。那时候如果把这两种游戏机玩得好，在游戏厅里可受欢迎了，会有一堆人站在后面围观，就连最凶恶的驻场地痞也会主动给你递上一根烟，与你结识。上次回去时，发现此类店铺已几乎绝迹，以往常去的几家，都已倒闭。回头一想，原来已是二十年前的事物，消失了也正常。

香港是一个美好的地方，之前每一个年代，都有美好的事物值得回忆。别人再怎么说不好，与我无关，我心里的香港，还是最美的。

我的智能家居经验

　　以往跟先生出门工作，有幸住过内地不少高级酒店。印象较深的，是第一次到北京，住柏悦酒店，床头有一个触控屏幕，躺在床上，就可以调节房间各处的灯光、空调温度，开关窗帘等，觉得非常先进，幻想着未来的家一定要有这种设备。那是十来年前的事，如今，这种智能家居设备已非常普及，我们家基本所有家具，都可以智能操控了。

　　安装智能家居设备，并不困难，采购设备，更是方便。我家用的全是小米的产品，在手机里安装"米家"App，就可以开始选购。首先采购的是"网关"，等于整个家庭的大脑，所有设备要接入网络，都需要先绑定到"网关"，它是一个白色的圆柱体，插进插座即可使用，家里每增添一件电器，便在"米家"App上把新设备绑定"网关"，即可在手机上操作。

当然，如果只用手机来控制，谈不上智能家居。所以要购买智能音箱，它是智能家居的耳朵，每个房间及大厅各装一个，就可随时下达指令，控制电器。除了操控电器之外，智能音箱还可以播放音乐、有声书、相声等，遇到什么问题，也可以随时发问，音箱会在网上找到答案告诉你。

接下来便是各种电器，空调、冰箱、洗衣机、电视机等必需品，小米都有出售，各有不同的智能应用方式。比如空调，可感知室内温度及湿度，高级的更能测出空气质量，根据室内环境自动开关。冰箱则可防止过冷结霜，洗衣机可根据衣物重量判断需要下多少洗衣液，电视机则可直接用语音选择需要播放的节目，不再需要遥控器。这些功能看着不实用，但用起来，便知道确实为日常生活带来不少方便。

灯光则可根据家庭需要，安装的灯泡、灯带或光管，都可以用语音调节亮度和色温。窗帘自动开合已不是什么新鲜事，但却非常实用，尤其是冬天，早晚要开关窗帘，都不是一件愉快的事，有了语音操控，就可以窝在床上完成。

接下来是厨房的各种电器，用电饭锅时可以先把米和水放进去，如果出门在外，可随时用手机控制开始煮饭，到家刚好可以吃。炉灶有防止煤气外漏的功能。电热水壶可以调控水温，净水器的滤芯变旧了，会通过手机提醒更换。还有微波炉、料理机、空气炸锅等，都可在手机上找到食谱，把食材放进去，就可自动制作。

　　洗手间的"浴霸"，南方人不大习惯，但我自己很喜欢，冬天洗手间的地板如同冰块，智能浴霸会把浴室的温度调到最舒适的状态，《绝命毒师》里有一集提到，女主角背叛了毒师，在上司家里的浴室，踩到了有暖气的地板，便更加坚定了她出轨的决心。这种感觉，体验过就不能回头。至于智能马桶，先生在二十年前已不断推荐，也是提升生活品质的一大发明。

　　还有一些必须配置的小设备，比如人体传感器，在家里的过道、洗手间都装上，设定好工作时间，例如在晚上十点至次日早上六点，只要有人经过，该处就会自动亮灯，如果三分钟再没人移动，就自动关灯，也是非常实用的功能。智能门锁可以让你随时随地观察到门外是否有陌生人，还可以设置开门后家里自动开灯，离家时全屋电器关闭，等等。

　　配齐这些，会很贵吗？真的不贵，小米的电器主打年轻人市场，价格比很多牌子都便宜，做工也算不差，大部分都是纯白色的，虽无特色，但也清新可喜。当然，这些智能设备，还只是在起步阶段，还有很多提升的空间，但随着科技进步，生活只会越来越舒适。智能家居是男人的一个大玩具，把精力花在改善家庭生活上，也算是一件快乐事。

宿舍食事

我中文系的同学多年来都关注了我的微博。我最近开始写文章，收到同学传来的消息说大家看到文章，一下子觉得变得亲切，连大学时候的往事也想起来了。

香港地方小，交通方便，并非每个人读大学都会住宿舍，我就习惯每天来回。不喜住在宿舍，原因是在学校抽烟喝酒不方便，加上我比同届的学生大了几岁，又是工作了几年才重回校园的，心态上不一样，所以情愿每天回家。偶尔因为学生会的活动逗留在学校，便到同学宿舍处做菜，跟大家一起吃了晚饭才回家。

宿舍无明火，但电磁炉、微波炉、烤箱、电饭煲等设备倒也齐全。遇到要做菜的日子，下课后坐东铁到大埔墟的街市买菜。一起吃饭的有七八位同学，又是食量最大的年纪，买菜分量不少，一般有两三位同学跟我去买，帮忙提东西。去之前先把要买的东西想好，到了就赶紧买，不讲价、不啰唆，半小时内买齐食材，又坐车回学校，一来一回也得一个多小时，然后便赶紧回宿舍，准备开始做菜。

第一步是煮饭，大约一个小时可以煮好，在这一个小时内，同时要完成其他菜式，否则时间太久，会影响其他同学做饭。最简单的是白灼虾，香港的海鲜很少让人失望，如果市场有新鲜的基围虾，肯定买两斤回去。用电磁炉把水煮开，下姜片和葱，撒一点盐，再煮开时就可把虾放进去，盖上锅盖，几分钟就可以，不需蘸料已很香甜。

女同学爱吃青菜，在宿舍做饭，炒菜是不考虑的，毕竟没有明火，炒出来的菜肯定不好吃。把西红柿、大白菜、胡萝卜、洋葱、西芹全部切好，倒进大汤锅中，加一大块瘦肉，然后灌矿泉水至八分满，便把炉灶的火力调到最大，煮开之后再调成中火，大约半小时就有一大锅杂菜汤。每人一大碗，有汤有菜，喝时按自己口味加盐和胡椒粉，香甜又暖身，一下子就喝完。

接下来便是煎猪肉。买一大条五花腩，先清洗一遍，整条放进刚才煮虾的水中，灼七八分熟。那锅水有盐和姜、葱，又有虾的鲜味，用来灼肉，味道更丰富。然后拍大蒜、切葱花，把五花肉从水中捞出切片，将平底锅放在炉灶上，调最小的火，把猪肉放进去慢慢煎。开始出油，便把葱、蒜撒进去，翻另一边继续煎。这时整个宿舍里的人都会被香味吸引，凑过来看。最后调成猛火，淋鱼露，再煎十秒便可出锅。这肉煎得皮酥脆、肉香嫩，白饭也差不多煮好了，单是这道菜，就可下饭。

最后是炒鸡蛋，把鸡蛋打好，什么配料都不必加，用刚才煎猪肉锅底剩下的油加热至冒烟，把蛋浆倒进锅中，马上熄火，快速翻炒，鸡蛋半熟便直接用锅铲分到每个人的碗里。一人一小块，拌着饭来吃，又香又滑。

这些菜都是简单又容易在宿舍做的，有时候要匆忙招呼突然到访的朋友，也可按此来做。我读大学那半年，经常做给同学吃，直到退学后，他们还经常给我发信息，让我偶尔回去给他们做饭。我在学校时写过不少文章，也得了些奖，他们都记不住，记得的却是随便为他们做的饭菜。到底是我做饭真的好吃，还是文章写得一般？

浅谈旅行

中国地大物博，我去过的城市已算不少，但也不到全国的十分之一。有段时间曾流浪，途经深圳、汕头、厦门、福州、杭州、苏州、上海、济南、北京，一路向北，最后从北京坐火车南返，到达广州，再回香港。每个城市都只是走马观花地逗留三四天，但对各地有了大概的印象，也结交了当地朋友。之后因工作曾重返大部分城市，都不觉得陌生，这是一段宝贵的经历。

人生中第一次旅游，是跟父母还有两个妹妹，在1997年的圣诞，跟旅行团到泰国曼谷及普吉岛。那时候行程都是由旅行社安排，五天四夜。每天清早起床，坐着大巴车，到一站便下去玩一两个小时，再上车，继续前往下一站。吃的都是快餐，玩的毫无印象，因此对旅行团没有好感。回港后跟父母说，等日后长大，赚到钱了，再请他们去玩。

之后读到先生的《老澜游记》，更明白了旅行的意义，是了解不同地方的生活方式、态度，而非看景点。从此再没参加过任何旅行团。之后每次出门，我都会先找当地资料。先了解天气，准备合适的衣物，然后就是寻找合适的酒店，用最合理且自己能够负担的价钱，选最方便舒适的酒店下榻。之后便是计划在当地的行程：有什么地方必须前往？有什么美食值得去吃？有什么朋友可以拜访？列好后便打开地图，计划路线，看如何安排最有效率。旅行前先把计划做好，会省却很多不必浪费的时间，可以把余暇都用在旅途上。

随着年岁增长，出门的机会更多，疫情前的那年春节，我和太太，带着父母及两个妹妹，到吉隆坡旅行。人生第一次请父母出门，当然得安排最好的行程。从香港坐国泰的航班出发，事前已预约了一辆七人车，在整个旅途中为我们服务，下机后即联络司机，很快便把我们送到双子塔旁边的文华东方酒店入住。随后几天，都在市内闲逛、乱吃，没有旅行团的安排，轻松自在。

我和太太的旅途就更随意，到任何城市，都没有明确目的，当地人做什么、吃什么，我们便依样画瓢。印象最深刻的是和她在巴黎，随便找了香榭丽舍大道上的一家餐厅，坐在门外的小桌旁，抽着烟看人来人往，红酒喝完一瓶又一瓶。从下午坐到晚上，点了几次餐，从此与餐厅老板成为朋友。两周里去了六天，把餐牌上的东西都吃了个遍。

　　旅途中也总会遇到意外，像急病、丢失行李、护照过期等，只要出门次数多了，肯定会碰上。又如何？当今科技发达，有手机，已可解决大部分的难题。在我看来，旅行的意义在于开心，即使遇到这些小问题，也不应该影响心情，途中的挫折反而会让旅程变得难忘，增加日后的回忆。

浅谈喝酒

半夜看新闻，得知二〇二三年一月八日起，全面通关，漫长的三年多终于熬过来了，实在值得痛饮庆祝，便开了一瓶新的威士忌来喝。

我天生酒量不佳，二十岁前，都是喝一罐啤酒就吐，红酒、白葡萄酒、威士忌、白兰地等，更是一杯就倒。直到后来，慢慢练习，每天多喝一点，现在的酒量也就稍微好了，能喝半瓶葡萄酒、两三罐500毫升的啤酒或两杯威士忌。至于白酒，大概是二两的量。虽然还是不足以外出应酬，但在家独酌已足够。

每个人喝酒的习惯不同，我不是很懂欣赏酒的香气，我喝酒最大目的还是助眠，只要不是太难入口，我都可以接受。常喝的是威士忌，在外面有诸多喝法，最简单的是纯饮，如果是第一次喝的牌子，都应该用这种方法来喝，这样才能了解这种酒本来的味道。之后可以按自己的喜好加水、加冰、兑可乐等，不必管别人怎么想，喝酒是件乐事，怎么舒服怎么喝。深夜独处，没必要骗自己，追寻自己的味觉体验就好了，取悦自己才是最重要的。我一般是半杯威士忌兑半杯纯净水，谈不上多好喝，但比较温和，开着床头灯，边听"喜马拉雅"边喝，喝完刚好就困，倒头便睡。

太太爱吃烧烤，偶尔点了外卖，让我作陪，便各倒半杯，不加水，改为加冰，冰球最好，冰块也无妨。啃着辣猪蹄，喝冰的威士忌，热冷交替，吃完一身大汗，非常过瘾。

爱喝的还有清酒，我喝得并不讲究，一般是金黄色瓶子的"梵"，清冽香甜，一瓶可喝两三次，但喝过清酒后入眠，半夜总会渴醒，天气干燥时不敢多喝。现在只会在清远的家里泡温泉时喝一点，当地有新鲜的河虾，白灼一大盘，放在温泉池边，用来配酒，非常合适。

也喜欢自己调各种鸡尾酒，近年有个新品牌的碳酸饮料，叫"好望水"，有山楂味和杏子味，用果子熬制，而非香精合成。味道自然，气泡细腻，喝了非常解渴，而且颜色也好看，紫红色的山楂、橙黄色的杏子，倒在玻璃杯中，悦目得很，很适合用来调酒。山楂味略酸，可用带甜味的酒来中和，把大半瓶倒进一个高身的玻璃杯，然后加入白朗姆酒及杜松子酒，加多少看个人酒量，多试一两次就能找到自己合适的比例。杏子味则较甜，我会兑入伏特加，伏特加无色无味，可再加点杜松子酒，味道也颇搭配。家里长期种着各种香草，调好了酒，到阳台摘一片薄荷，放在杯边，又香又好看。

买酒、调酒、喝酒，大有学问，如果深入研究，必有无穷乐趣，但我却始终投入不了。也买过几本专门的书来看，但看了书，没品尝过，就是纸上谈兵，而喝酒只是我的爱好，喝得快乐就是了，我没千杯不醉的酒量，尝试不了那么多不同的品种，注定成不了专家。

既然非专业，就老老实实当个爱好者，喝自己喜欢的就好了。在外面偶尔遇到专家，就虚心看对方表演、听他们点评。千万不要发言，否则对方借着酒意，要给你上足一顿饭的课，只需微微点头，表示认同，就算给足面子。至于他们的各种理论，对我来说，还不如我女儿一个屁响。

不听不想听

我以往不喜欢戴着耳机，觉得有线的耳机像条狗绳，挂在身上并不舒服；而无线的又经常听一会儿便没电。直到苹果发明了iPods，一个白色盒子装着两小颗耳机，轻巧方便，电量充盈，佩戴起来仿如无物，又不用担心没电，从此才接受此物。后来其他大厂都在模仿，但都已是拾人牙慧了。

用来听什么呢？前几年帮一些小主播将流行曲填新词，他们提出哪一首，我便听哪一首，按他们的性格和要求的内容，填好歌词让对方买断，让他们当成自己的创作，凭此吸引观众、积累名气。偶有在网络上流行起来的，即使与朋友出去唱歌，他们点到我填词的歌曲，我也从不提起。既然收了钱，就不能戳穿秘密，否则出卖了顾客，也对不起自己。除了填词，已甚少听流行歌曲。

先生多年前就一直推荐聆听有声书，我便尝试聆听。我没有午睡的习惯，每天下午家人休息，我便在书房处理事情，听着各种广播剧。有声书只是纯粹朗读文字，而广播剧则会加入配乐、声效，让人身临其境。前者适合散文，后者则用于小说。第一次听的是《红楼梦》，在四大名著之中，我最读不下去的就是此书，只要想到林黛玉就倒胃口，小时候也囫囵吞枣般读了一遍，其后便不再接触；直到在"喜马拉雅"上遇到广播剧，便尝试打开来听。起初听得颇入迷，结果林黛玉出场，又让我失去兴趣，也许此书与我无缘，便不再勉强。

其后听的是《鬼吹灯》和《盗墓笔记》，当年红遍大江南北的两部盗墓小说，配音演员表演精湛，配乐声效恰到好处，听起来非常轻松愉悦。接着又听了不少内地的网络小说，只求放松，不指望有何微言大义，即使有些章节因分神而错过，也不会倒回重听，顺其自然地听完一本又一本。

后来有段时间减肥，每天都在家里做运动，过程虽不煎熬，但颇为枯燥，便找了当年很喜欢的电子游戏《猎魔人》的广播剧来听。本来就读过翻译本，这次重温，更觉精彩。这是波兰的国宝级文学，主角杰洛特是一个猎魔人，专门消灭各种怪物，但里面的降魔情节不多，只是用这个人物将一段段小故事串联起来，变成一部宏伟的史诗。里面写人与人之间的感情及关系，描写得甚细腻，有些哲理听了让人恍然大悟，是一部不可多得的作品。

最重要的是制作用心，总共有十来位配音演员参与配音，每一位的声音都有特色，绝不会让人混淆，而且都非常悦耳，不会让人反感。

影视演员如果貌丑，尚有其他东西可以分散观众的注意力，例如：服装、身材、演技等，但作为有声书及广播剧的配音演员，声音悦耳至为重要，因为观众只能接触到他们的声音。我睡前爱听相声，因为不用跟着章节来听，随时听、随时睡，没有压力，听得多的是高峰、栾云平的组合，两位的声线都很悦耳，最怕是听到烧饼的声音，如同破锣，仿若鹅叫，当报幕员念起他的姓名，无论我多困，都要爬起来打开手机，按"跳到下一段"。

即使在家，我和太太也各自戴着耳机，她看她的电视剧，我听我的有声书，互相尊重，各不打扰。我极度反感在公众场合打开手机声音，对外播放，尤其是看直播，那种聒噪的叫喊和低俗的口号，实在是听觉骚扰。想起倪匡先生的名言："想做自己想做的事，难。不做不想做的事，比较容易。"如今遇到不想听的声音，便塞上耳机，打开自己想听的节目，什么装修声、吵架声、叫卖声，从此与我无关。

病中记趣

从2022年12月18日家里保姆发烧开始，到昨天我最后一个确诊，十余天中，全家沦陷。新冠传染力的确惊人，但似乎感冒也跟它差不多，只要住在一起，一人感染全家遭殃。

每个人的新冠症状不一样，网上流传，有各种毒株，会导致不同症状，什么"刀片株""饿鬼株""高热株"，像开盲盒一般，颇为有趣。保姆直到现在还没痊愈，每天依旧咳嗽，但仍尽心尽力照顾我的两个女儿，我们对她甚为感激。儿子身强力壮，症状轻微，偶尔打喷嚏咳嗽，跟感冒区别不大，最先康复。小女儿于圣诞节当天发高烧，吃了退烧药后，也很快康复，只是晚上咳嗽得比较厉害。大女儿症状严重，咳嗽、打喷嚏、流鼻涕，两岁多的孩子，有了自我意识，对吃药甚抗拒，也不懂把痰液鼻涕排出，所以康复得甚慢。太太的症状最多，先是乏力，第二天发烧、眼珠疼，其后咳嗽、鼻塞、头痛，仿佛中了一个"全餐"，但每种症状都属于轻微，翌日便消失，她也于前天痊愈了。

我昨天早上全身发冷，把家里所有最保暖的衣物穿上，还是瑟瑟发抖，便知道自己中招了。午饭后已全身乏力，拿抗原一测，果然是阳性，庆幸家人都已陆续好转，我便可安心休息。躺在床上，盖上两张羽绒被子，让自己尽量放松，听着《猎魔人》广播剧，迷迷糊糊的，还是发不出汗，全身一点力气也没有。从小知道，发烧时只要出汗，就会好得快，便在脑里一直想办法让自己出汗。

闭着眼睛，一时幻想自己在泡最热的温泉、一时把双手在小腹上摩擦，还是全身冷得颤抖。忽然想起，以往只要吃酸的糖果，便会头顶冒汗，便跳起来跑到冰箱前，拿出之前买的"二宝"糖果，吃了两颗柠檬味的，果然，头顶开始滴下汗珠，感觉一下子舒服了很多。又灌了两杯热水，长舒一口气，整个人温暖起来，便拿出体温计，一测，已是39.8℃。都说高过38.5℃便要服退烧药，家里只余6颗，我担心孩子病情反复，便打消了吃药的念头，把药留给他们，又躺回床上发汗。

这次比之前好了点，身体不冷了，但还没到出汗的程度，意识迷迷糊糊，一下子就到了晚饭时间。胃口倒是没受影响，吃了一大碗米饭，但菜是一点都吃不下了。想喝点汤，但家里没准备，我便拿出一包辛拉面，把里面的汤料泡热水喝了。好家伙！

这碗汤一喝下去，当即全身发烫，开始冒汗，我知道对路了，便赶紧又跑到被窝里，这次把枕头、被子、床单全部浸湿了，半小时左右，整个人神清气爽，仿佛重生。

起床测温，一下子降到37.8℃，已接近正常。虽然体温和精神恢复了，但身体甚疲倦，换了衣服及床具后，便又回去休息。人家都说第一天相对轻松，其后两三天才是最难熬的，我在想，之后的文章要怎么处理？其实也没什么，现在打字实在方便，用电脑打当然快，但躺在床上用手机慢慢敲，也能写出来，也就不再担心，沉沉睡去。半夜醒了几次，都是渴醒的，起来喝杯水又接着睡。

今早起床，略觉乏力头晕，但烧已退，也没有咳嗽、打喷嚏等常见症状。吃早餐，也不觉乏味，胃口好得很，一切安好，似乎已康复。用最轻微的代价，换来一段时间的免疫屏障，实在幸运。希望大家也健健康康，尽快熬过这次灾难，能不感染，还是尽量不感染，感染了，便乐观点面对。曙光，已在眼前。

注：此篇名借用了先生旧作书名，感谢先生让我们一众读者，能在任何时刻，都以乐观心态面对困境。

除夕杂谈

2022年的最后一天，应该怎样度过？已对任何热闹的地方失去兴趣，以往读书时，还喜欢跟同学们一起到海边看烟火倒数跨年，如今让我再去，大可免了。前几年偶尔会和朋友在家里打麻将或唱歌跨年，一帮人喝酒玩乐，也算高兴。近两三年，一来有了孩子，二来疫情原因，都是在床上躺着度过，最多整点时跟太太说句"新年快乐"，就没有其他多余的仪式。那么今年呢？我还是选择在家里过。

今天保姆休息，我早上先陪儿子到学校，收拾宿舍的东西，今年又因为疫情而提早放假，整个一月都不用上学，到二月六日才开学，足足四十多天，想到要天天督促他，便觉烦躁。都说无仇不成父子，大概我上辈子是杀猪匠，他是我刀下的一头死猪吧，这辈子是来讨债的。陪他打包好行李，便把他送去篮球场打球，下车前他还专门跟我说，晚上约了朋友倒数跨年，不回家了。我也懒得理他，反正我十四五岁也是夜不归宿的，这样各自安好。

之后便带着太太和女儿去逛超市，前两周都因为生病没有出门，如今大家都得到了抗体，安心出去购物。东莞汇一城的永旺超市，算是比较高级的，有不少其他地方买不到的食材，我最喜欢逛的是海鲜摊，有不少当天捕获的海鱼，在普通街市里未必能找到。今天看到了一条野生的黄脚鱲，是冰鲜的，马上买下，晚上清蒸给两个女儿吃。她们甚爱吃鱼。之后又称了一斤海虾，用来白灼。

太太则爱买水果，最爱吃榴梿，自从去过马来西亚，回来便只吃猫山王，永旺卖的都是速冻空运的，味道还算不差，当然价格贵了不止一倍，虽说价高，但不是天天吃，偶尔吃一个，无伤大雅，便挑了一个。另外还买了草莓和香蕉，晚上做甜品用。

蔬菜则买了一大颗高丽菜，切丝凉拌着吃。又拿了一包新鲜的猴头菇，用陈皮和排骨一起煲汤，可清热润肺。难得去一趟超市，就顺便把明天想吃的也买了，买了两大块长白山黑毛猪的梅花肉，回去马上腌制，明天给孩子们做炸猪扒，虽说东莞吃不到"TONKICHI"，但自己学习一下还是可以的，起码不比外面吃到的差。儿子最爱此味，每次都抢着吃，不备多一点，我自己也没的吃。

　　主要食材买好了，便带两个女儿挑选零食，小女儿虽只有九个月大，但个性调皮，任何色彩鲜艳的东西都要拿到手上把玩，玩过后便丢在购物车上，大女儿则目标明确，只挑各种巧克力，一会儿就把购物车装满。最后我又挑了一瓶较甜的白葡萄酒，才去买单，满载而归。

　　到家后太太带着两个女儿午睡，我则整理刚购买的东西，然后清洗、腌制食材，之后便开始写这篇文章，不知不觉便四点了。写完便要开始准备煲汤、晾衣服，然后女儿们就差不多醒来，接下来就是吃晚饭，打扫家里，给她们洗澡、喂奶、哄睡。

　　估计两个女儿睡着已是十一点多，那时候如果太太还没睡，我们就一起喝一瓶白葡萄酒，迎接新一年。这一过程看着很枯燥乏味，但其实我觉得很幸福。起码一家人在今年完结之前，都已成功渡劫，能带着健康之躯进入来年，便是最大的幸运。

又到清远

新年的第二天，带着家人从东莞的家，出发到清远的小公寓住几天。早上吃过早餐，收拾好东西，便驱车出发。

说来也神奇，一百六十公里的距离，全程竟然没有一个交通灯，如果不堵车，可以全程踩着油门前进，不到两个小时就能到达。很多人爱驾驶，但我对此并无兴趣，但这段路的确开得轻松，而且沿途风景颇佳，开起来并不疲惫。

小公寓位于清远的一个小镇，小镇叫作三坑，颇为"落后"。如何判断这里"落后"呢？最基本的，是镇上没有麦当劳或肯德基，这两家快餐不会放过任何有利可图的机会，如果一个地方没有它们，就证明了肯定是"落后"的，物价也绝对高不到哪里去。日常购物，人们都在四五条街组成的小市集里完成，实在买不到，就只有网购了。

我们来这边玩，习惯十一点左右出发，一点左右到达。先不回家，直接到镇上吃午饭。选择不多，有一家叫"聚福楼"的，做广东饮茶，但出品的点心很粗糙，大概本地人的消费水平不高，做不出什么高档的点心。

另有几家农家菜，我们常去的叫"马荣记"，有名的是现杀现做的白切鸡，味道是不差，但也无甚惊喜，价格却吓死人，一只卖到一百八十元，在这种小地方，已算天价，吃过一次也不再点了。喜欢的是该店的泥鳅皮蛋汤，撒大把自己种的香菜，味道甚鲜甜，开车久了有点恍惚，喝一碗马上就精神。还有各种当天捕获的小河鲜，老板会跟你说怎样吃最鲜美，相信对方就好了，很少让人失望。这家店专做游客生意，价格不便宜，但我们一家去的次数多了，跟老板熟络，虽然不会打折，但分量肯定给得足，点两三个菜已经足够，算下来也不贵。

今天则直接在市场里在一家叫"广宁云吞"的小店吃午饭，店面破落残旧，但坐满客人，应该不差。点了炒面、炒粉、牛腩捞面、皮蛋瘦肉粥、水饺和炸云吞，每款十元，吃得饱饱的。其中炸云吞炸得火候恰可，皮酥脆、馅鲜美，十元有十五只，又便宜又好吃。据说这家店已开店十余年，是本地的名店，这种小吃赚不了大钱，但只要用心做，定能经营甚久。

吃饱后便直接到市场买菜。来到这边，肯定会吃清远鸡，我们习惯从东莞带七八个椰子过来，到了这边再现宰一只骟鸡，用来煮椰子鸡。先将鸡架子、猪软骨、胡萝卜放入椰子水来熬汤底，喝完汤后把鸡肉放进去烫熟，蘸辣椒酱油吃，之后还可以下豆腐和腐竹慢慢煮着吃，最后下一大把新鲜的一碰即折的西洋菜，稍煮便可以吃，又嫩又清甜，是山间的味道，在城市里很难吃到，为此而来已值得。

买完菜便从市场开车回公寓，大约五六分钟车程，然后把行李搬回去，再收拾一下房子，已是下午三四点。太太和保姆带着女儿午睡，儿子出去打篮球，我才有空坐下来抽根烟、喝杯茶，然后坐在阳台上写文章。

这边生活简朴，颇适合我这种不爱交际的人，但太太和孩子们都好动，待不长久，只能偶尔来一趟，久了肯定要憋出病来。原本我们约定每个月过来住一周，但最近因为疫情，已两个多月没来，这次回来，家里杂乱，需要慢慢收拾，以便年前父母回到内地时，也可过来休养几天。

之前跟他们视频聊天，他们看到这边的温泉池，兴奋得像小孩一样，说一定要过来体验一下。其实无论作为子女还是父母，能看到家人满足的笑容，便觉得无论花多少钱，都是值得的。

买公寓

在内地泡温泉，很多人没有先把身体洗净才浸泡的习惯，这已不是泡温泉，而是一群人在热水池里戏水，所以我始终不敢尽情地享受。第一次到清远三坑镇，大约是两年前，这里开了一家温泉酒店，说是日本集团管理的，按日本传统来要求客人，但我知道日子久了，肯定也管不住，只有趁刚开业的时候去尝试一下。

第一次去，我对路不熟，从家里出发开了差不多三小时才到，但到了之后，觉得车程虽远，还是值得的。清远芊丽酒店的占地范围不算大，但装修得干净朴素，没有太多现代化的痕迹。说是日式酒店，但其实更像东南亚风格的度假村，最重要的是山明水秀，非常宁静，像躲进了深山，是可以让人彻底放松的环境。

那时候太太才刚怀孕，还没两个小女儿，我们放好行李，便赶紧跑去泡温泉。酒店有一个温泉区，大大小小的温泉池共有十来个，全部是按天然泉眼的大小来建的，而非建一个大池，灌进煮热的温泉水。进入温泉之前，有一个极大的洗浴室（并非普通的淋浴间），让客人先把身体彻底清洗，才可进入温泉范围。我们挑了一个小小的温泉，只比普通家居浴缸大一点，泡进去，感受到水质润滑，有淡淡的硫黄味，虽非专家，但也感觉得到跟以往在内地泡过的不一样。泡了半小时左右，两人脸色红润，全身发烫，便各自回到浴室，清洗更衣。那晚回到房间，一夜安睡，自此爱上这里的温泉，一有空便来玩两天。

来得多了，跟酒店大堂经理熟悉，他告诉我们，酒店旁边有房子出售，问我们有没有兴趣。我们每次来都躲在酒店里泡温泉和看电影，吃东西也全部在酒店餐厅解决，从不外出，这才知道原来这一整个酒店项目，除了酒店之外，还有旁边的一大片楼盘，未来还规划发展各种旅游项目。

反正留在酒店也只是消磨时间，便跟工作人员去看看样板房，从酒店的侧门走过去，才两三分钟就到了。这里有别墅和公寓出售，经理问我们想看哪一种？我喜欢赤脚在家里走动，地板略有灰尘便觉不适，别墅需要有人天天打扫，才能维持干净，非我们家庭可以负担的，所以就直接去看公寓了。

公寓也分大小，小的是开放式的，像酒店房间，只多了一个阳台，阳台上有一个浴缸大小的温泉池，适合情侣。当时我和太太已相处近十年，已无激情，考虑的是一家人开开心心地来放松，便去看较大的户型。

说是较大，但面积是小公寓的三倍，有三个房间、三个洗手间，最重要的是阳台的温泉池，能容纳七八人，即使来了亲戚朋友，都可以一起泡，这才是我们想要的。房子都有简单的装修，只需买点家具便可入住，这里由香港新世界集团建设，我表弟在该公司工作，我对他们的用料有信心，所以当即决定买一套。其后又跑了几次，办各种手续。其间每次过去，都有酒店赠送的房间住，颇为方便。

很多朋友跟我说，清远的房子买了不会升值，是一笔失败的投资。也许用金钱来计算回报率，是失败的，但这套房子的价格比一辆保时捷还便宜，我们也非一次性付款，月供跟到酒店住两晚差不多，并不算贵。而这套房子带给我们的快乐，非金钱所能衡量，这笔投资，我觉得是成功的。

灿烂时光

在清远小公寓的日子，每天重复而单调。早上起来做早餐，然后便开始处理事务，一个上午把当天该做的事处理好，午饭后便坐在大厅看书，等孩子们睡着了，便开始洗刷家里的温泉池，然后注水，那么大的一缸，要差不多一个半小时才能注满，等女儿睡醒了，我就刚好可以泡了。泡温泉时喝点啤酒，吃些水果零食，半小时左右便起来洗澡更衣，然后一家人便在大厅唱歌或玩电子游戏，等吃晚饭。晚饭后一家人下去散步一圈，然后回家准备睡觉。

这两年，到清远住了差不多一百天，流程大致相同，只偶尔到附近的果园采摘水果，或不想下厨，到旁边的芊丽酒店吃一顿饭。朋友问我，无聊吗？有书有歌有游戏，还有家人的欢声笑语，对我来说，并不枯燥。又不是拍电视剧，一般人的日子，哪来那么多新鲜刺激？

觉得无聊的人，大多是悲观者。生活的乐趣，是自己发掘的。

近来爱玩空气炸锅，用这个工具来给孩子做各种小吃，小吃大多是香脆的，孩子当然喜欢。在网上搜集各种食谱，然后到市场买食材，动手做起来，失败了重试，很快就学会一道新菜，半天时间很容易消磨。只要学会烹调，就会少了很多无聊发闷的时光。

小公寓的大阳台，可种植诸多植物，但我们非长期居住，只能选一些耐放的来种，比如富贵竹、仙人掌等，这次隔了两个多月才回来，它们依旧翠绿茁壮。打理这些植物花不了多少时间，却可观赏甚久，阅读累了，把书放下，喝着茶，看着一片苍翠，可出神半天。

这边近山，一到黄昏，就飞来各种昆虫，最初颇不习惯，但大女儿却喜欢得很，每次看到，都要尝试去抓。为此我专门买了几本昆虫图鉴，分辨各种虫类，再陪她抓些无毒的来研究，然后放走，在这过程中，又多学会了一门知识。

每天的日子看似重复，其实却是由无数不同的琐事堆积出来的，着眼于无聊的事，自然没趣，把精力放在不一样的事物上，时光便变得灿烂。

这世界有趣而美好的事物太多，只看你愿不愿意去探索。

我好像从小都没有觉得无聊过，因为我总会给自己寻找快乐。庆幸的是大女儿与我一样，两岁多了，只要不睡觉，都会自己找事情做。即使没人管她，自己一个人坐在阳台上唱儿歌，也能消磨大半个小时，唱累了就找零食吃，吃饱了则把家里的小玩具拆散后重新拼装。她有自己的小世界，我则在旁观察，尽量不打扰她，只要保证她安全就好了。

我相信乐观是天生的，但即使性格悲观，也可以努力去改变。只要让日子过得有趣，谁还有空去胡思乱想？这些道理说起来很容易，做起来也真的不难。相信我，我也有过伤春悲秋的年纪，也有过失魂落魄的经历，但我很快就熬过了。平淡、枯燥、无力，本就是生命的常态，要改变，就只能把时间填满，别让自己精神空虚，先从集中精神做一件事开始。

怎样开始呢？给你一个建议。把你的手机相机打开，看一下里面每一个按钮和选项，研究一下每个参数设置以及拍摄出来的照片有何区别，对着一个苹果，或一个人，拍不同角度、不同参数的照片，你会发现，原来你对自己的手机相机一无所知。兴趣由此而生，日子也因此充实。

浅谈音律

先生的挥春展将由香港天地图书举办，从二〇二三年一月六日至十五日，共十天，当中先生每周五、六、日的下午两点到四点，会在现场与大家见面。当今防疫政策放宽，本想趁此机会带着妻儿回港，拜访先生，可惜两个女儿的证件至今还没批准办理，只能等春节后再回港了。有机会到香港的朋友，记得抽空参加看看。

我从小爱好中国文化，自然对书法有浓厚兴趣，也曾练过几年，可惜始终静不下心，在此方面毫无成就。先生曾送我一本王羲之的《集字圣教序》，我经常拿出来翻看，但始终因为一个懒字，未有认真练习，想起就觉惭愧。每个人的时间和精力都有限，我只能承认，自己花在书画艺术上的精力太少，远比不上其他兴趣。

诸多爱好之中，我最爱的是赛马，其次便是唱歌了。昨天看到顾嘉辉先生逝世的消息，顾先生的生平在网上随时可以看到，不在此重复。我人生中买的第一张CD，便是顾嘉辉先生与黄霑先生的音乐会，当年由诸多明星分别演绎他们创作的金曲，其中最爱听的便是《万水千山纵横》，这首歌节奏汹涌澎湃，歌词豪气逼人，听了热血沸腾，是当年专门为《天龙八部》电视剧写的歌曲，结合书中乔峰的性格，更觉无论曲和词，都配合得天衣无缝。其他经典作品数不胜数，像《上海滩》《狮子山下》等，都是香港数代人的回忆，数十年过去了，当今在香港随便找个路人，应该都能哼唱几句，就证明了这些作品的伟大。

我也爱写歌词，但填的大多是普通话词，粤语作品只有几首。只要稍有音韵学的知识，便知道粤语填词的难度比普通话高出百倍。普通话只有四声，且同音字多，大家已不介意歌词不合音律，只要歌词的字数与节奏符合，大家便能接受。粤语有六个声调，而且同音字少，只要一个字不合音律，整首歌便毁了，当年的歌词，如有一字不合音律，是拿不到稿费的。

什么叫"合音律"？用大家都熟悉的歌来举例，比如陈奕迅的《十年》的第一句"如果那两个字没有颤抖"，朗读的时候，"如果"这两个字应该是第二声和第三声，而唱出来则是第一声和第四声，若撇除了旋律来唱，整句歌词里没有一个字是跟朗读一样的，这就是不合音律。以同一首歌的粤语版本《明年今日》

来对比，第一句"若这一束吊灯倾泻下来"，无论朗读和歌唱，音调都没有改变，这就叫"合音律"。简单来说，就是歌词不能为了迁就旋律而改变音调，无论朗读或歌唱，都能让人听得明白，才叫"合音律"，这是粤语歌独有的要求，也是世界独有的曲种，所以粤语流行曲的歌词大多数是艺术品。

普通话填词则容易得多，大家只要求字数跟节奏吻合，对音律不太讲究，似乎连歌词的原意是为了方便流传都忘记了，连押韵也不追求。这不能怪填词人，就像先生经常说现在的餐厅不做传统菜，不能怪餐厅，只能怪大家要求越来越低。像顾嘉辉先生及黄霑先生此类花毕生精力钻研音乐的人，已越来越少，也许像我这种听歌也要分析歌词的老学究，实在是不合时宜，只适合听老歌了。

知足

在清远玩了五天，今天驾车回东莞，沿路不堵车，两个小时左右就到，本想到平时去惯的潮州菜馆"论潮"吃午饭，停好车才发现店已关门，正在装修，估计是今年提前回家过年了，便在附近找了另外一家潮汕菜试试。

店名叫"潮牛轩"，与"论潮"开在同一条路上，但风格完全不同。"论潮"走的是家庭小菜路线，与香港的"创发"颇有几分相似。"潮牛轩"则以牛肉火锅为主，辅以其他潮汕小菜，装修得较干净明亮。

进店后找老板点菜，走到厨房前的透明橱窗，看到喜欢的便点，先来一份黄脚鱲鱼饭，然后是卤水拼盘，生腌点了血蚶，蔬菜则要了铁脯炒芥蓝，最后加了一大锅粉肠猪肺炖橄榄汤，主食则吃竹笋炒粿条，还要了甜点炸芋泥卷，一家六口，其中有两个婴儿，这分量完全够吃了。

先上的是卤水拼盘，味道比不上旁边的"论潮"，但也算合格，毕竟以牛肉火锅为主嘛，卤水只是配菜，可以理解。黄脚鱲鱼饭则完全不行，煮得过火了，掀开鱼皮，鱼肉全部散开。很多人以为鱼饭很容易做，其实甚难控制火候，要有丰富经验才知道不同的鱼要煮多久最合适。这家店明显是将多种不同的鱼一起煮熟，这样就有的略生，有的过熟，效果极差，如果要偷工减料，还不如直接卖蒸鱼，没必要做鱼饭。

生腌海鲜，各家的调料不一，味道可以完全不同，这家的下糖偏多，已接近江浙醉蟹的味道，不是说不好吃，只是非传统潮汕味。

前几个菜都颇失望，但后面的汤则甚惊喜。下足材料来煮，粉肠和猪肺都处理得干干净净，炖得软熟入味，橄榄也下得足够，入口香甜甘润，似有清泉流入喉咙，再通过气管，直达腹部，一大锅汤喝完，连汤料也全部吃掉了。

接下来的铁脯炒芥蓝也是正正经经的潮汕味，铁脯是大地鱼干的潮汕名，广东人大多用它来煮汤，云吞面店的汤底如不加此物，可以从此不去。潮汕人则习惯用来炒菜，先用猪油爆香姜蒜，然后将其稍烤后剁碎，与芥蓝一起炒，将鱼、肉、菜的味道完美结合，我觉得这是潮汕菜中最有文化的一味。这家店炒得火候够，芥蓝梗爽脆不硬，叶子更吸满了铁脯的鲜甜味道，一下子又吃光。

最后上桌的是主食竹笋炒粿条和甜点炸芋泥卷，都做得很普通，不算难吃，但下次如果再去，肯定不会再点。

我们到店时，店里颇热闹，十几张桌坐得满满的，大部分都是吃牛肉火锅的。我在肉档看了一眼，挂满各部位的牛肉，但并无专人一直切肉，似乎挂出来的都只是展品，而非供客人食用的鲜肉。

近年牛肉火锅大行其道，但味道已远不如十年前吃到的了。精细菜更是越开越多，好吃是好吃，但人均消费一千以上，这是正常家庭能负担的吗？潮汕菜的精髓，在于家庭主妇都能煮得好吃，寻常人家，哪个会天天烧响螺、日日焖鲍鱼？在我看来，只是赚钱的手段而已。

任何饮食只要开遍大街，水准必然下降，即使回到潮汕，也只有少数几家老店值得去吃。在潮汕以外，还是老老实实地吃卤水鹅吧，想吃正宗潮汕菜，还是到潮汕，找一家路边的夜粥店，价格合理，还不会让人失望。今天吃的这顿饭，虽然不算满意，但起码也吃到点潮汕味，三百多块，一家人吃得饱饱的，知足了。

我 的 太 太

昨天从清远回到东莞，到家后收拾了半天，带着两个女儿出门。她们的行李甚多，奶粉、奶瓶、尿布、口水巾、衣物、枕头、被子、伴眠的布偶、各种药物等，装满两个行李包，还有一人一台婴儿车。出一次门，仿佛搬一次家，回家后，又要把行李拆包，颇为复杂。

我本想在清远另买一套女儿常用的东西，但太太不同意，情愿多花时间，也不愿浪费金钱。虽然彼此想法不同，有时候我也会恼火她的吝啬，但回头一想，这些年也多亏她守紧钱袋口，家里才能收支平衡，我也可以安心做自己想做的事。

太太出生在湖北监利的一个小村子，家里尚有两个哥哥和一个弟弟，我岳母很早就故去，岳父带着小舅在农村生活，两个大舅则在东莞谋生。家庭条件不好，在村里常受他人白眼，所以她从小就独自外出打工，养成了坚强的性格，二十岁出头已自己存到了十万块钱，在当时已算巨款，我甚佩服。当然坚韧的背后也有不为人知的辛酸，她从不与人言，只独自承受，每次两位哥哥问她要钱，她先痛骂对方不争气，然后还是默默地把钱交给对方。

也许因为从小受人轻视，太太非常介意别人对她的看法，出门必精心打扮，在朋友面前尽量表现得落落大方。亲戚朋友凡遇到困难，必找她帮忙解决，也让她在闺密间成了"大姐"。但有时旁人一个眼神或一句无心话语，会让她猜度甚久，怀疑对方在嘲讽她，她心里常有怨念，为此经常失眠。我与她相处十年，也多次因为她多疑焦虑的性格而吵闹，我深知此性格自小养成，无法改变，只能多迁就，让她发发脾气，也就过去了。

如今已有儿女三人，太太的脾气也比以往温顺了许多。记得以往每次吵架，她便离家出走，如今有了孩子，心里多了责任感，便不再做此事。如今她每天照顾孩子，也少了闲心思去考虑别人的想法，笑容也比以往多了。

常到我家的朋友都知道我们夫妻感情不差，便问起相处之道。其实又有什么心得呢？彼此重视，自然一切缺点都能包容。若有一方不再在意了，任何小事都可以变成导火线。其实无论对家人或朋友，唯一的相处之道，都是"多想彼此好处，莫记对方缺点"。她当然有不少让人难以忍受的脾气，但我也非完人，既然有缘分在一起，便珍惜着对方。

我们以往三两天便吵一架，其后变成一周一次，到现在，每个月还是要吵一下。我们每天也总有些看对方不顺眼的时候，但又如何？我躲进书房做事，或她钻入衣帽间画眉，彼此冷静一阵子，也就忘记了。庆幸的是，十年来，我们从未说过分手或离婚，即使闹得再厉害，也不会放弃对方。

如今十年过去了，彼此也适应了对方的存在，往事之中，有笑有泪，但还是快乐的占多数。她有时刁蛮，有时任性，更多时候暴躁着急，常为小事发火，骂起人来凶恶如虎，但她也温良孝顺、充满爱心、持家有道。她是我自己选的，既然选定了，就不后悔，陪她到老。

新年影单

还有十来天就过年，市面上已有气氛，每晚七八点开始，陆续听到烟火声，直到深夜，仍在燃放。小时候放烟花点鞭炮常惹祸，曾把人家整片农田烧焦，又试过在朋友家里点冲天炮，把别人房子熏黑，长大后已多年不碰。今年到清远，买了些陪孩子玩，都是比较安全的类型，让他们享受一下燃点的刺激便是。

除了放烟花，过年常做的还有打麻将吧？小时候在香港家里，我们一家人内战，打的是"三番起胡"，"十番"封顶，一晚可以输赢一两千，但都是自己家人，也就无所谓。后来在东莞，与同事们玩的是"准碰不准上"，而且只可以自摸，别人打出不可以胡，毫无技巧可言，纯粹碰运气消磨时间，手气好的可以连胡多把，运势不好，即使牌技再好也阻止不了对方自摸。我对这种玩法无甚兴趣，偶尔参加，也只是应酬朋友。

近几年因疫情影响，过年都不外出，躲在家里翻看旧电影。我平时就不看哭哭啼啼的片子，到了过年，更只看轻松愉悦的电影，来来去去都是那几部，每年重放。

看的次数最多是《摇滚校园》（2003），我从十八岁到今年三十八岁，看了不下五十次。男主角杰克·布莱克长得矮胖，在美国国内并不算有名，但他曾参演多部卖座电影，如《金刚》（2005）、《勇敢者游戏》（2017）等，并曾为《功夫熊猫》系列配音，看到他的脸、听到他的声音，观众都会觉得熟悉，只是叫不出他的名字。在《摇滚校园》里，他饰演一个失意的乐队主唱，被队友排挤，落魄时因缘际会，到了一家小学当临时教师，他发现班里的孩子各有才华，便让他们各司其职参与乐队，并带领着孩子参加大型音乐节。故事说得平铺直叙，但颇有感人之处，且戏里的每一首歌都好听，实在值得一再重温。当年参演这部剧的小孩，如今都已长大成人，前几年，网上有一部这群小演员重聚的纪录片，相当温馨，如果看过这部电影，也可找这部纪录片来看。

另外一部很喜爱的电影是迪士尼的《阿拉丁》（1992）的粤语版本。它改编自阿拉伯神话《天方夜谭》里的故事，讲述穷少年阿拉丁因缘际会获得了神灯，与公主谈恋爱，并击败邪恶宰相的故事。故事并无什么特别，但画面极美，二十多年过去了，如今重看，每一帧动画依旧鲜活，不输任何3D动画。会粤语的朋友请务必看粤语版，我的两个女儿正在牙牙学语，我刻意找来这部电影让她们学粤话，因为里面每一首歌曲的粤语歌词，填得比英语原词更精彩，灵活生动，又充满中东风情，非常值得欣赏。

还有一部经常看的是国产片《火锅英雄》（2016）。喜欢看这部电影没什么道理，故事虽老套，但桥段颇有新意，加上陈坤、秦昊都是我比较喜欢的演员，戏里的大量重庆方言也能逗人发笑，看着轻松愉悦，适合消磨时间。经常看不是因为有多好看，而是没有其他更想看的电影而已，看得多了，变成习惯，每到过年，又看一次。这是一部冷门电影，当年票房也不高，但个人喜好嘛，何必随俗？

过年，要的只是轻轻松松的氛围，太多的仪式感，反而让人觉得疲惫，今年一家团聚，可多看几部电影，各位还有其他推荐吗？

我的写作工具

　　自从和编辑打赌，我每天起来跟家人吃完早餐，第一件事便是写文章。以往写作，非常随意，因为没有目标，也没有压力，只想写便写，想停就停，如今有了赌约，又有先生及各位读者鼓励，便得有计划去完成。

　　一般来说，我写的都是当日事，只要坐下来开始写，一小时总能写出一千字的文章，如果早餐时构思好，敲键盘毕竟比用手写快，大约半小时便可写完。但写作这回事，总有大脑堵塞的时候，我用"印象笔记"列了一个清单，把想写的题材列下，写一篇删一个，真的想不出写什么，便打开清单看看，就可开始写。这个软件的好处在于可以手机、电脑、平板同步，遇到想写的题材，手边有什么工具，便用什么记录下来，较为方便。

　　长文章都在"有道云笔记"上先写好并校对，才发布到微博上，好处是右下角一直显示着字数，让我知道要如何组织文章，不至于字数过多或不足，而且要修改也比较方便。人到中年，已开始觉得视力衰退，长时间看手机，会一直流眼泪，在电脑屏幕上打字，眼睛没那么累。短文则直接在微博上写，一百四十字几分钟便可完成，并不吃力。这个软件发布以来，我历年的文章都存在这里，有详细的时间记录，还可以按自己的需要分类，用了近十年，已不想换其他软件重新适应。

这两个软件是我每天用得最多的，无论手机还是电脑，一天总要打开十几遍，记录各项事务。华为系统内置的"备忘录"也实用，最方便的是语音转文字功能，识别度极高，我尝试录写先生文章时，女儿在旁边一直唱儿歌，我还担心会影响准确度，但发现一点问题都没有，非常可靠。我觉得此功能最实用的是在看美食节目时，遇到喜欢的菜谱，直接打开此功能，把菜谱记录下来，此功能不限于普通话，连英语也能准确转换成文字，实在厉害。

日常写作，有了这三个软件，已可保证自己能一直写下去。有一次出门没带电脑，我就尝试在白纸上写，然后拍照到手机，用微信的"文字识别"功能，只要字体清晰，识别程度也颇高，但前提是要从左至右、自上而下地横着写，如果竖着写，会把文字顺序全部弄乱。当然，这是应急的处理方法，如非特殊情况，我还是会用电脑来写作。

　　写作是一件愉悦事，文字像积木，用自己的创意堆积成不同的建筑物。常用文字来来去去就三千五百个，但每人写的文章各不相同，这就是写作的魅力。如今写作方便，随时随地都能创作，又有无数平台发表，写出来有没有人看是一回事，如果写都不写，就只能怪自己。这句话是自勉，提醒自己，既然决定了，就必须坚持，先生前几天写了一篇"恒心"，我将谨记在心，叮嘱自己，努力做好。

育儿经

　　每个月的第二个周四的早上，都固定带小女儿去注射各种疫苗，中午便一家人外出吃饭，然后在商场逛逛，再带他们回家午睡，之后我才有空处理自己的事情。

　　今天中午吃的是日式烤肉，我和太太兴趣不大，两个女儿也只是随便吃点米饭，主要是儿子喜欢，便让他高兴一下。吃的店叫"满纷"，肉还算新鲜，价格不便宜，五个人吃了七百多块。

　　很多人告诫我，说孩子太小，不能喝酒。我只知道他已十五岁，身高一米八几，身体已完全成长，即使我不让他喝，他跟同学相处，也会偷偷喝。还不如先由我与他分享喝酒的经验，教会他如何自控，总好过日后他不知死活，在外与人拼酒而闹出问题。

　　近日广州出了严重交通事故，一个富二代开着豪车在马路上横冲直撞，故意撞人，导致多人死伤，虽未有正式通报，可以猜到这个人于家中定是缺乏教育，才会做出如此丧心病狂之事。我对孩子无甚要求，一直强调我对学习成绩并不重视，最重要的是待人要有礼、懂得感恩、遵守承诺，如能做到这几点，我已满意。儿子至今仍有诸多毛病，我虽看不惯，但也不多说他，毕竟自己年少时也是如此，只有让他多在社会上碰壁、挨骂、受委屈、被打击，多经挫折，他才能慢慢改变过来。

虽然我已年近四十，但总觉得自己仍是个长不大的孩子，也有诸多毛病。作为三个孩子的父亲，我自己的一些行为在我父母眼里也觉得是胡闹、幼稚，我也在时刻学习如何与孩子沟通，庆幸的是孩子们都算听话，甚少顶嘴，可省却很多力气。

自我有记忆以来，我作为家中长子，父亲对我要求甚高。从三岁开始，天天挨打，小事如在家里玩蜡烛、吵着买玩具、不写作业等，每次至少抽十下，家里的鸡毛掸子断了一根又换一根，没有一天身上是完好的。打得最厉害的一次，是初中时，我用装修的水泥灌进学校教师洗手间的马桶，结果把整个学校的下水道堵死，导致学校停课了三天。那次被我父亲拿木棍追着打，打得手脚全是淤青。当然，父亲打我也有忌惮，只打四肢，从不打躯干，目的也只是教育，而非泄愤。

以往我也打儿子，但近两年已经不打，一来他长得已比我高，打他的威慑力不如从前；二来他自尊心极强，受不得委屈。

每个人性格不同，即使是亲儿子，也不能要求他按我的想法来成长，只能从旁引导，尽量分享自己的经验，至于能不能听进去，则是他自己的选择。我常强调，孩子不是父母的附属品，我说的话也不一定对，让他自己判断是非对错，日后的路如何走，也让他自己决定。他如果愿意问我意见，我当然乐于分享，如果他有自己的想法，也可自行决定。

还有几年他便成年，趁他还在身边，只能多做好榜样，别的不说，最基本的是学会做各样家务，至少能照顾好自己。作为一个男人，如果连自我照顾的能力都没有，凭什么娶妻育儿？

不 随 俗

　　过年前事情多，父母又生病，睡前大脑一直在思考，导致近几天睡眠不佳，起床后迷迷糊糊。提神的最佳方法还是喝茶，冲一大壶浓浓的单丛，倒在大水杯中，几口喝下去，人便精神了。家里有不少茶具，其中有好几个价值数千上万元的紫砂壶，都是父亲收藏的，用保鲜纸包得严严实实，放在锦盒里，从不拿出来用。我也不会去碰，用那种小壶子，只能装一点点茶叶，要冲多少泡，才能倒出一大杯浓茶？

　　我从小对此类名贵的器物无甚好感，还是越简单越好。对衣服也无甚讲究，舒适即可。当然，又美观又舒服的也不抗拒，但如果价格太高，我还是情愿穿纯色的T恤。身上也从不戴任何装饰品，结婚戒指一直藏在家里，已忘记是什么款式的了。以往也不戴手表，手机随时可以看时间，传统手表已失去原来的功能，但近年我也戴智能手表，一来可以当门禁卡，直接打开小区大门，另一个重要用途是可以在开车时用手表来接电话，比用蓝牙耳机舒适，不必长期塞于耳中。至于其他项链、手串等，都觉得累赘，不明白为什么有人乐此不疲地往身上堆砌。

在物欲方面，我买得多的是电子产品，但也只限于工作所需。家里有一台电脑，连接两个显示屏，另有一台手提电脑方便出门时处理文件，有一台平板电脑用来看视频。自从有了双卡的手机，将香港和内地的电话卡都装在一部手机内，就不再需要两部手机了。另外有一部墨水屏的电子书，是睡前看书用的。

小时候家家户户都有电子游戏机，只有我没有，所以长大后拼命买来补偿自己的童年，PS5和SWITCH都放在书房里，但只是偶尔陪女儿玩一下，自己已没精力去玩，游戏光盘极多，但大部分连包装都还没拆。如今爱玩的是搭建智能家居，一直研究，有新产品便先看介绍，如果家里合适，便买回来，即使不合适，起码也了解到科技发展到什么程度，日后如回香港，可考虑经营一家搭建智能家居的顾问公司。目前香港在此方面仍相对落后，将来会有庞大的市场。

电子产品之外，花费较多的是买书，虽然已常看电子书，但有些工具书、参考书，还是翻纸书方便。电子书的翻页太慢，只适合按顺序阅读的小说，像查阅某些历史事件或地理知识，在电子书上要花上很长时间，未来我也看不出有什么更好的解决办法，所以纸书还是有其存在价值的。

日常生活里，我觉得读书、写文章、带孩子、做饭，已有无穷乐趣，所以我对物质要求不高，也许吃喝花的钱也不少，偶尔吃一顿好的，也不算奢侈。我们日常还是以家常菜为主，鲍参肚翅、松露、鱼子酱等，一年也会吃上一点，这些东西偶尔吃一点，才懂珍惜，天天吃便不稀罕了。酒和茶也从不买贵的，别人送的欣然接受，但自己肯定不会花钱去买，时刻谨记自己只是个平凡人，无须去羡慕那些不属于自己的快乐。几万块买一瓶酒，好不好喝我不知道，我只知道同样的价格，已够我买一整年的酒。什么古树种出来的茶，我也喝过，泡个茶搞得像祭天仪式那么隆重，只觉得滑稽，已失去喝茶的意义。

说到底，我就是个不合时宜的人，对一切形式化的事物都抗拒，也不喜欢跟随别人的价值观。太太说，我这性格，注定交不到朋友。也没办法，我情愿孤独，也不随俗。

男儿当远游

不经不觉已年二十三，还有一周便过年了，父母尚未转阴，最后能否顺利团聚，还得多等几天才有分晓。儿子今天独自坐车到湖北监利，回妈妈的娘家看望亲戚。本来想一起回去的，但一来两个女儿太小，坐长途汽车太辛苦；二来我父母即将到来，我们只能在东莞等待，所以便让儿子作为代表，独自回去看看外公，等春节后我们再去湖北看望。早上送儿子到长途车站，看着他一米八几的背影，拖着行李箱、背着双肩包，步进车站，感受到他马上就要成长了。

我第一次独自出远门也是初中，当年从香港去汕头，最方便的是坐轮船，下午四五点上船，翌日早上八九点就到。在船上看看书，睡一觉，义父义母会在汕头那边接我，开车带我回澄海，全程并无危险，所以父母很放心我独自出门。说得轻松，其实那段行程并不好受，船上汽油味极重，且在海上风高浪急，我第一次坐船，头晕难熬，吐得七荤八素。那时也没手机，在船上独自难受，也只能自己熬过去，这也造就了我日后在旅途中遇到任何困难都喜欢自己面对的个性。

这是儿子初次独自出远门，车程十九个小时，上午十一点四十分出发，如果顺利，第二天早上七点就能到监利。我给他准备了一大盒米饭，又炸了三大块猪扒，灼了半斤豆芽菜。还有他妈妈给他准备的几片湖北辣鱼干，应该足以应付两顿，又有一大盒零食，吃的是不担心了。手机卡先充了钱，又备好了大容量的充电宝，随时可以联系到我们，加上他是大块头，估计拐卖儿童的人贩子也看不上他。

湖北比广东冷，且明天开始又有冷空气，看了一眼天气预报，当地气温未来几天都在十度以下，担心他会感冒，出发前给他准备了一个药包，有幸福伤风素、龙角散，这两种药对伤风感冒颇有效。另外准备了正露丸，预防腹泻，又准备了"相反的"通便药，怕他吃得油腻，肠胃不适应。除此之外还有创可贴和消毒药水。这些药物我平时出门也会备上，如今把这个习惯教给他，希望日后他也能如此照顾家人。

男孩子第一次出远门，是从男孩成长为男人的第一道门槛。十来岁的男孩，身体渐渐成熟，也开始有了自己的思想，会与父母意见不合，又不懂体谅家人的付出。出门一次，让他自己解决眼前的问题，才会懂得日常有人做饭烧菜是件幸福事，才会知道平时不需自己洗衣服有多轻松，回来后自然会更珍惜，更懂得疼爱家人。

写这篇文章的时候，儿子乘坐的长途车应该已经出发，我嘱咐他，遇到问题，先尝试自己解决，实在处理不好，再跟我们联系，让他培养独立的能力。同时也吩咐他每天必须发信息问候母亲，毕竟出门在外，最担心的是妈妈，我自己是三十岁后才懂得关心父母，所以希望他能从现在就养成关怀家人的习惯。至于金钱，我们先用微信支付给了他一百元，让他花完之后凭手机里的账单报销，再给他钱，如果花得不合理，则扣减零花钱的数字，让他不敢乱花。

这次他出门十来天，到二月上旬才回来，可以预料他会有所成长，古语说"父母在，不远游"，如今科技发达，交通便捷，此句话已过时。当然女孩子年纪太小，还是不适合独自出门，但男孩嘛，从小多磨炼，总是好事。男儿当远游。

浅谈扫除

　　前两天广东天气稍微回暖，在家里穿背心短裤都完全不觉冷，舒服得很，岂料今早起床，天气突然又变得阴冷，天空灰蒙蒙一片，看来又要冷一段日子了。原本以为今早睡醒，儿子便会到达湖北监利，但刚跟他联系，他才刚到湖南长沙，还有四五个小时才能到监利。原来，昨晚下雪，司机不敢开快，路上拥堵，所以比原定时间慢了很多。他说在车上坐得全身酸痛，我倒觉得这是对他的磨炼，吃过苦，才明白日后应该努力，争取自己想过的生活。

　　近日写的文章，题材都离不开闲话家常，想起先生说过香港有位专栏作家，初发表文章时让人惊艳，但金庸先生说了一句："看他能写多久。"果然没多久，那位前辈便江郎才尽，泯然众人矣。我一直提醒自己，要多读书、多吸收新的知识，才能持续写下去，如果只写家里事，迟早会被读者舍弃。不经不觉，距离当初跟编辑打赌已一个月，得到读者们的鼓励，庆幸自己坚持了下来，算是完成了十二分之一的约定。

今早母亲传来信息，说她已转阴，但父亲还是弱阳性，估计再过两天才能痊愈，我让他们周二去做核酸，然后预约周三前往深圳。那天已是年二十八，我们要提前到深圳迎接，即这两天就要提前在家里大扫除，整理干净，才可将父母接回来住。

家里有四个房间，我和太太带着大女儿睡主卧，保姆则陪伴小妹，儿子自己一个房间，还有我的书房；书房每隔两三天收拾一次，打扫起来并不困难，儿子的房间在他出门前已叮嘱他先收拾好，这两天再清扫一下也就可以了。保姆颜姐勤快，她和小妹的房间整整齐齐，也不用担心，比较难收拾的是我们的卧室。

我们的卧室是一个小套房，有浴室及衣帽间，衣帽间左右排开两列开放式衣橱，各有三大格，最里面是太太的梳妆台。装修时说好，左边的衣柜归她，右边的给我用，但我买衣服的速度永远跟不上她，不到半年，我的衣物只占右边衣橱的其中一格，其他位置都已被她征用。我的衣服都是纯色的背心或内衣，外穿的衬衫、卫衣及长裤都一直挂着，其中甚少穿得上，明天重新检视一遍，把穿不上的全部捐赠，留下常穿的就可以。倒是太太的衣物一年比一年多，她舍不得丢弃旧衣服，穿不上的，情愿塞进行李箱，也不肯捐赠，收拾起来，是浩繁的工程。

　　以往大厅甚整洁，这两年有了两个小女儿，婴儿车、婴儿床、玩具等，已把大厅塞满。姐姐马上到三岁了，本来可以丢掉部分玩具，但小女儿也即将一岁，姐姐的小玩意刚好由小妹来接手，又不能丢，只能买来一堆胶盒子，慢慢教导她们分类收拾。姐姐的新事物也越来越多，最近她迷上绘画，家里买了各种笔，又在家里乱涂乱画，把墙布和瓷砖都画得花花绿绿，如今也要花时间慢慢清洁。

　　还有家里的窗户，屋内当然是"时时勤拂拭，莫使惹尘埃"，但家住二十三楼，窗上都贴了窗花，外面的玻璃只能过年前清洁，每年我都会亲自动手，半个身子爬出窗外洗刷。高空作业，太太看得心惊胆战，但我小时候做暑期工，为客人安装卫星电视，在香港高楼大厦的天台上工作惯了，并不觉得可怕。

　　很多潮汕人说收拾家居是女人的事，男人不必动手，我从不同意。我认同女性比男性细心，但像擦窗、拖地、洗地毯、搬沙发、移餐桌此类体力活，如何忍心让女性独自处理？而且女性收拾讲究好看，对日后如何方便实用并不考虑，所以我定要参与其中，万一她忘记了，起码我也知道东西放在哪里。家务，家务，一家人的事务，如果男性不做，并非显得自己家庭地位高，只是把自己抽离在家之外，变成一个外人而已。

浅谈"OMAKASE"

　　终于，父母都快转阴性了，今天下午去做核酸，如果最后结果是阴性，便马上为他们预约过关，最快明天，最迟后天便可见面。原本计划昨晚与小妹家人聚餐，现在已改期，刚在微信里讨论改到什么时候，小妹一家说安排在年初三，我说没问题，我只提醒初三当天叫作"赤口"，按传统来说，那天容易与人发生口角，一般不外出相聚，如果他们不介意，我当然也无所谓。

　　日期定好，便要考虑在哪里吃饭，小妹一家从昨天到后天会在深圳，其后便会到广州探亲，我建议在广州见面，反正开车过去也就一小时车程。对方一家说安排在"好酒好菜"吃。有幸跟蔡先生到过这家店，其后也被朋友邀请吃过几次，虽不是我结账，但也知道价格不便宜。是按人头算的套餐潮汕菜，东西当然精致好吃，服务也周到。不过如果由我来安排，我会更倾向于吃传统的潮汕白粥，配手剥血蚶、撕鹅颈，最后稀里哗啦地吞下一碗白粥，痛快淋漓。当然，两家人第一次见面，还是到此类名牌餐厅吃，才算正式。

这类餐厅都是用日本料理里所谓"OMAKASE"，即"无菜单料理"套餐来上菜，客人不必点餐，只需告知预算，便会按当日食材来提供菜单。这种做法我不反对，但我自己是不喜欢的。去餐厅吃饭的其中一个乐趣，就是点菜，如果花钱消费还没有点菜的自由，那跟读书时把餐费交给学校，再由食堂提供大锅菜分着吃有什么分别？

先生也说过，这并非真正的"OMAKASE"，但香港有位自以为是的专栏作家（此处特指周显），写了篇观点相反的文章来碰瓷，在香港引起了一阵子讨论。自问对日餐的知识不算深，但也学习过日语。"おまかせ"在日语里是"拜托""请您安排"的意思，原意应该是客人跟店家熟悉了，彼此了解，店家知道客人的喜恶，客人知道餐厅的大概价格，互相信任而提供的一种服务。如今的"OMAKASE"都是餐厅直接给客人下命令，仿佛对客人说"我自如此，爱来不来"，高傲得很。

以往曾提过，我跟西营盘修打兰街的炳记茶餐厅相熟，店里的叔叔伯伯会每天准备好不同的早餐给我，有时是午餐肉炒鸡蛋三明治，有时是牛肉牛丸米粉，也会特别为我做菠萝油夹火腿，甚至会把昨晚他们自家晚饭剩下的梅菜肉饼用来拌面给我吃。我从不过问，每天都吃得开心满足，我认为这才是真正的"OMAKASE"。

后来我爸在旺角登打士街开了家蛋糕店，开业初期没招人，我刚好考完会考，便帮忙每天负责早上开店。旁边是一家卖汉堡热狗意面比萨的小吃店，老板Marco（马尔科）是墨西哥人，长得圆圆胖胖，我们每天有空便在门外抽烟聊天，中午便交换店里产品当成午餐。后来相熟了，他每天都变些新花样出来给我试吃，也从不问我喜不喜欢，凭我的表情去判断我喜欢的口味与食材，做出了很多我至今还念念不忘的味道。其中印象最深刻的是一道深红色的八爪鱼意大利面，八爪鱼用辣汁和番茄酱焖得软熟，拌在空心意大利面里，空心面里填满了海鲜的甜味和酱料的香辣。那时本来就是炎夏，吃了更是全身冒汗，这时他再递来一杯冰柠檬茶，喝一口，酸甜香涩，冰凉透心，吃完了再抽一根烟，飘飘欲仙。那顿午餐虽简单，但毕生难忘。在我看来，Marco为我做的，是最高级的"OMAKASE"。

不知何时，一种互相信任，彼此尊重，高层次的相处方式，变成了低俗的掘金手段。这些年来在东莞，我也有几家相熟的餐厅，其中一家居酒屋也会按我和家人的喜好专门为我们做一席料理，价格当然不便宜，但我也乐于接受，原因是我知道主理人的为人，对方绝对不会为了赚钱而乱上菜。

我觉得做"OMAKASE"之前，先学学日语是好事，连这个词的原意都不了解，就说是"OMAKASE"，跟那些连普通话都说不好，就出国语唱片的歌星没有区别，为了赚钱，连脸皮都不要了。

双城生活

再遇双亲

早上十点，终于与父母见面。我驱车到深圳湾口岸迎接，把行李搬上车，便直接从深圳开车回东莞。车上二老逗着两个孙女，全程笑不拢嘴，我在后视镜看到一家人的笑容，也就满足了。

到家后把行李摆放好，又到附近的"潮牛轩"吃午饭，上次吃过，无甚惊喜，胜在是潮汕口味，适合父亲。简简单单应付了一顿，便又回家，帮他们把手机换成内地电话卡，又在他们的微信钱包里存了点钱，便让他们陪着孩子在大厅看电视、喝茶，我则回到书房工作。

阔别两年，父母变化不大，倒是他们说我两鬓多了很多白发。我很少照镜子，他们说了我才去看一眼，果然，两耳之上已略带斑白，再细看，额角的发际线也越来越高。我问太太，她说早就知道了，只是知道我不在乎外表，所以从来没提起。她说我的白发是最近这一个多月开始长出来的，之前头发虽少，但一头乌黑，从十二月开始，突然多了不少白发。我回想起来，不觉得最近有什么情绪上的波动，也许是之前做的绝育手术导致身体衰老加快吧。这样说并无医学根据，但近两个月明显腰痛频繁，且容易疲乏。或许我只是个别例子，但考虑做此手术的朋友，可先参考我的情况。

父母这次到大陆，最主要的是与小妹夫家人见面，但因染疾而错过了原定的日期，如今又从年初三改在年初二，于广州见面。从我们家开车出发，大约一小时便可到达广州，小妹说对广州不熟悉，原本想在"好酒好菜"吃，但看过价钱后，小妹夫家人因有公职在身，并不合适，便让我安排餐厅，预算是十个人三千到四千元。我也久未到广州，庆幸跟在先生身边，与不少餐厅熟悉，便跟"新兴家喻"的东主李先生联系，把预算和时间告诉他，请他帮忙安排，马上便把事情解决了。

上一次到这里吃饭，已是五六年前的事。记得先生多次在广州与护法们聚会，经常在该店设宴，关注先生微博时间较长的朋友应该都有印象。该店以羊肉菜肴闻名，能做出几十道不同的大菜和点心，真正可以从羊头吃到羊尾，吃过的无不赞好。未必每个人都爱吃羊，该店也做其他肉类，但始终是羊肉最让人记得。未吃过羊肉的朋友，可以从"羊奶蛋挞"或"羊奶脆布丁"开始尝试，香甜软滑酥脆，羊味若隐若现。如能接受，便可尝试"真味白切羊"，这道菜把羊肉煮得软熟，羊味清新可喜，没有多余的调味来伪装成其他肉，喜欢它便从此爱上羊肉。如果不习惯，以后不碰就是了。总好过吃那些所谓"不膻"的羊肉，吃了之后还煞有介事地大赞厨艺了得，把羊煮得毫无异味，这是天下最蠢的事，就像交了一个染金发的女朋友，就以为对方能为自己生个混血儿一样。

我不知道小妹夫家人能否吃得惯羊肉，但我相信在"新兴家喻"设宴，价格不让对方为难，环境也大方得体，菜品更是无可挑剔，大家都会满意，主要目的还是两家人碰个面，舒舒服服地吃顿饭就够了。在广州的朋友如果新年想不到吃什么，不妨去试试。

清点冰箱

　　很久没听到父母的呼噜声。有个词叫"鼾声如雷"，他俩虽未达到雷鸣般响，但就像家里放置了两台拖拉机，此起彼伏的轰轰隆隆声，纵横交错，实在是奇观。

　　太太和两个女儿前两晚在酒店没睡好，十点多都入睡了，也没受到鼾声干扰，我也比以往早了点睡着。今天醒来，妈妈已把家里的速冻葱油饼煎好，等着我们起来吃。我妈虽然厨艺不精，但简单的煎饼还是能做好的，只是焦了一点、黑了一点而已。

　　今天已是年二十八，按照习俗是需要"大扫除"的，前几天我们已把家里打扫好，如今要做的，便是购办年货，还有趁银行还营业，陪父母去把各类手续办妥。香港人在内地开户，还是有不少麻烦的，期待有一天华人社会的银行系统互通，一张银行卡可通行各地，还有移动通信服务，各地的手机卡可以通用而没有天价的漫游收费，这才是真正的便民之举。

　　出门前，先检查一下冰箱。家里的冰箱左右双开，右边上层是冷藏，放置饮料及各种酱料，之前学做椰浆饭（Nasi Lemak），有大量椰浆、椰子水、叁巴酱、红咖喱，日本咖喱则吃完了，需要补购。饮料，我喜欢山楂味和杏子味的"好望水"，就这么喝或用来调酒都合适，已无存货，也要再买。用来涂面包的果酱、奶油、花生酱、巧克力酱等都有，还有炸猪扒的蘸料也齐全，另有自己熬制的番茄酱，用来拌意大利面吃。啤酒也有十几瓶麒麟牌500毫升的，家里只有我喝啤酒，应该足够了。

　　右边下层是冷冻，用来储存各种新鲜食材及冻肉、奶酪等。冻肉常备西班牙火腿和塞拉诺火腿，配酒必备，奶酪有马苏里拉和最普通的卡夫，做西餐常用，姜葱蒜等都已用完，也要新添。

　　左边的速冻格，有大量速冻饺子、云吞、包子、葱油饼，之前经常封控，放满这类食品，较有安全感。另有从网上买来的日本蒲烧鳗鱼，加热便可铺在饭上吃，当然不及现烤的，但已能满足口腹之欲。前几天买了一份速冻盆菜，准备年三十那晚吃，还有几片澳洲和牛，孩子喜欢吃，随时可以煎。秃黄油是在中秋后买的，尚有半瓶，偶尔吃一点，也足够了。

　　父母从香港带来大量零食给几个孩子，有丹麦蓝罐曲奇，这是香港人迷信的品牌，牛油味极重，孩子都喜欢。还有草莓味的明治巧克力橡皮糖，巧克力包裹着草莓软糖，也是哄孩子的恩物。另有六盒乐家杏仁糖，外层是巧克力，里面是杏仁糖，味道腻歪，我最不喜欢，妈妈则每天都吃，即使糖尿病严重，也不忌口。

最惊喜的是三个透明密封袋装着的，两袋虾片、一袋蒜片银鱼腰果，都是香港家佣Lily（莉莉）亲自炸的。她是印尼人，煎炸东西做得最好，虾片酥脆香甜，虾味浓郁，吃完手上一点都不油腻，非常干爽，火候控制得极佳。炸银鱼腰果更是一绝，腰果炸久了发苦，时间不够又带生涩，我吃过的只有Lily炸得最好，银鱼更是条条金黄，咬下去嘎吱嘣脆，鱼香四溢。昨晚睡前装了一小碗来下酒，很快就喝完一大杯威士忌。已四年多没看到Lily，这次本想让她跟着父母一起过来，但因为她是印尼人，关口又刚刚开通，暂时办不了证件，只有等下个月回香港家里看她了。

香港家里狭小，未知两个女儿能否适应，但毕竟是我们的根，就算不喜欢，也会让她们回去，跟父母、Lily住一段时间，让她们知道自己的父亲当年是如何长大的。在各地生活过，未来她们想到哪里读书，都让她们自己选择，但我会一直提醒她们，人可远游，不可忘根。

年二十九杂记

今天年二十九，是春节前最后一个办公日，早上起床，便带着两个女儿去东莞市民中心办理港澳通行证。之前已在手机预约好，昨天也提前拍好了证件照，到达后只需填好表格，在柜台前录入两个孩子的照片，便算办理完成。我们十点半抵达，十一点离开，效率之高、速度之快，是以往想象不到的。目前在大城市办理此类民政事务，只要在手机上预约好，效率已不比香港低，值得称颂。

事后又是一家子在外吃午餐，中午吃的是太钟东海酒家，算得上东莞最精致的粤菜了，尤其是玻璃乳鸽，皮脆肉嫩多汁，大女儿一个人可以吃掉一整只。比较可惜的是这家店把乳鸽的脖子去掉，只留下一个如鹌鹑蛋大小的乳鸽头，吃得不够过瘾。小时候家里五人，每次点乳鸽，爸妈各吃一边上庄（带翅四分之一），两个妹妹分掉下庄（带腿四分之一），把头和脖子留给我，长大后跟朋友吃饭，我也习惯把肉留给大家，自己享用乳鸽头。我经常把整个乳鸽头放进嘴里嚼，女士们看着害怕，其实恐惧源于未知，只要尝试过了，就只觉得美味，不会惊恐了。

其他做得出色的还有红豆沙寿包，红豆沙滑腻如绢，甜度适中，还有陈皮香，中间包着一个流油的咸蛋黄，松化可口，皮也吃得出面粉香，虽非生日，我每次去都必吃一大个。主食油盐煲仔饭简单朴实，但用的米好，且火候适中，锅巴焦而不煳，香脆无比，是长年累月得出来的经验。在家里偶尔做一次，绝对煮不出同样的效果，值得去店里试。这家店装修豪华，看起来一顿饭不便宜，其实只要不点海鲜或鲍参翅肚，价格还是很合理的。

吃完饭在商场随便逛了一下，让爸妈与两个女儿合影，他们与两个孙女相处时间不多，今天才第一次一起拍照，拍了几十张，反正现在是数码年代，不像以往的胶卷相机，每按一次快门，都像开枪射出子弹一样，要小心翼翼。多拍一些，把好的传送给他们，不好的删掉便是了。有些人拍照，生怕按下快门键会把她们的魂魄摄去似的，连自拍都要犹犹豫豫，看着手机里的自己总觉不满，迟迟不肯拍，我在旁边看得急，总是忍不住说一句："为什么不肯接受自己不完美，非得为难手机？"

照片拍足了，便回家让孩子午睡。我的生活每天看似重复单调，但总有微小的乐趣足以让我微笑。昨天的文章有读者留言，希望我不要再写这些生活琐事，但也有不少朋友愿意追看。对我来说，有人愿意看，就是我写下去的动力。这一个多月以来，我把最真实的日常生活用文字呈现于诸位眼前，看似简单，但每晚睡前，都会检讨自己写得不好的地方，提醒自己要改正。毕竟每个人每天都只有二十四小时，读者愿意花几分钟把我的文章看完，已是最大的支持，如果乱写一通，则是在浪费别人生命，与谋杀无异。如果文章写得不好，恳请大家指正，我才能继续进步，谢谢。

浅谈钱

　　明天就是新年，很难得今年可以和父母团聚，但除了一家人多了点相处时间，我对农历新年无甚感觉。小时候会因为有红包可以买自己想买的书本而期待，至于全盒里的瓜子、花生、糖莲子、糖冬瓜等都不爱吃，新年的大菜更觉腻味，而且香港不让燃点烟花爆竹，毫无气氛。贴满大街的"恭喜发财"，让人感觉到农历新年就是一个关于钱的节日。

　　古语说"年关难过年年过"，小时候自然没有什么体会，到自己当家，开始有经济压力，才慢慢了解这句话的意思。给孩子添置新衣，为家里购买年货，送亲朋好友礼物，包给父母长辈红包等，莫不是开支？幸好太太每年年初便开始规划，来年要存多少钱过年，我只需把钱交给她，便从此不必操心，这几年由她持家，的确轻松了很多。

　　与人相处，最没趣的，便是谈钱。义父健在时，我隔年便回潮汕澄海过年，听着长辈们聊天，最爱聊的话题便是谁家的孩子，每个月赚多少，做什么生意，我一听到就跑开，在他们眼里，赚钱是最大的事。活在这个世上，不可能装作清高，不可能说钱不重要。但真的最重要吗？我十八岁那年，刚考上大学，父亲生意失败，家里顿失经济支柱。我放弃学业，到葵涌货柜码头当苦力，每天把牛仔布装进货柜，用劳力赚快钱，减轻家庭负担，的确很累，但那段日子却很快乐，凭着自己双手吃饭，没有办公室斗争，多劳多得。每天与同工们聊的都是最市井的话题，即使每顿只吃麦当劳，穿着最破旧的衣裳，赚多少花多少，仍是轻松自在的。

　　以往有段日子，为了支付房租及押金，还有添置家具，曾到处问人借钱，导致负债累累。那时候不懂事，只觉得自己未来能赚到钱还给对方，便预支了别人对自己的信任，到了约定的日期无法还钱，便找各种借口逃避。后来先生得悉，为我还了一笔款，也不再提起。先生虽不斥责，但我羞愧于心，从此不敢再问人借钱，慢慢把欠债还清，也开始懂得存钱。成了家之后，更是把钱全数交给太太管理，自此对数字越来越不敏感。

　　昨天与父亲在家里喝茶聊天，他与我之间的话题，除了赛马，便是如何赚钱。我听了几句，便已昏昏欲睡。他从小过惯苦日子，到了香港后，便拼命想办法赚钱，出人头地，我在他的护荫下成长，在他破产之前，生活还算优渥，所以自小没有什么大志，只喜欢看书写文章。志向不同，经常为此闹得不欢，他总想我当个商人，但我真的对做生意提不起半分兴趣。他觉得我是扶不起的阿斗，为此骂过我不少遍，以往我还会与他争辩，自他病愈后，就不再跟他吵了，他爱说就让他说，我在旁边默默地听着便是。

如今父母年事渐长，能待在他们身边，有一年算一年，尽量让他们高兴，今天给他们准备了一份盆菜作为年夜饭，晚饭后打算到商场给他们添置新衣，然后一家人在家里看看电影，度过虎年的最后一天。到了这个阶段，跟他们说"恭喜发财"已无意义，只要大家都健健康康，可以经常相聚就够了。钱嘛，留给有能力的人去赚，我们过些平淡安逸的小日子，便已足够。趁此祝各位新年快乐、事事如意、身体健康、家庭幸福。

新年杂记

　　大年初一，起床洗漱后，为孩子们换上新衣，便打电话给长辈及好友拜年，然后回复微信里的祝福信息。我极少用微信发祝福信息给别人，关系密切的，打电话较有诚意；泛泛之交则情愿不发祝福信息，对方回复也不是，不回复也不是，徒添尴尬。

　　澄海的义母曾是汕头织网厂的领导，已八十二岁，与义父厮守大半辈子。义父晚年下半身瘫痪，义母一直在他身边陪伴，直到几年前义父急病离世，这对彼此来说都是解脱，如今义母每天与朋友吃喝玩乐，日子过得轻松。早上给她视频拜年，见她声如洪钟，头发依旧乌黑，便觉安心。初四我们一家子会驱车到澄海看望，让她见见两个孙女。

　　大姑今年也七十四了，住在香港华富邨，在十年浩劫期间受过非人虐待，一辈子未婚，把我视作己出，对我关怀备至。她不会用智能手机，独居在家，我们最担心她，每天早上必致电问好，有时候她没接电话，把我们急得团团转，经常要让二姑跑到她家里去确认安全。今天早上给她拜年，她耳朵已听不清，我们打算二月中回港，到时候为她安装平安钟（紧急召援系统）和教导她使用微信，如果她愿意，则把她接回东莞住一段日子，我在家里是长子长孙，照顾长辈义不容辞。

岳父与小舅在太太老家，也打了电话问候，我跟太太相识十年，但与岳父见面不过几次。他腼腆内向，不善言辞，是朴实的农村汉子，每次我们回去看望，总催促我们离开，怕耽误我们工作。作为儿女，我们也曾请他到东莞生活，以便照应，但他说自己不喜欢城市，只希望在老家继续待着，我们也只好尊重他的意见。等清明前后回湖北给岳母扫墓，再回去探望他。

除了跟家里长辈联系，也给先生拜年，之后又陆续给各位好友打电话，互相问好，才安心坐下来写文章。

也许是疫情刚过，昨晚的烟花与鞭炮比前几年热闹，噼噼啪啪一整晚，直到两点还在燃放，虽然影响睡眠，但也觉得欣慰，感到生活慢慢恢复正常。忽然想起陈奕迅的歌曲《十面埋伏》里的歌词"分开一千天，天天盼再会面"，病毒让无数家庭分隔两地，如今熬过，的确值得庆祝。

这几天在外面吃饭，路人虽都戴着口罩，但明显感觉到气氛与前几年不同，大家都喜上眉梢，即使看不到笑容，也感觉到笑意。天气慢慢回暖，病毒的威胁也越来越小，未来只会越来越好。

生活总是充满希望，我已开始计划今年要做的事，只要努力，总能办成。第一件要做的，就是把这些文章坚持写下去，昨晚看了一下，已写了差不多四十篇，加上今天这篇，字数超过五万字，按照这个进度，三月上旬便会写满十万字，虽然微不足道，但对自己来说，也算是一个里程碑。外国研究说，一件事重复二十一天，便会形成习惯，连续八十五天，则会变成生活的一部分，目前我已迈过第一道坎，未来仍需努力。新一年，一起加油吧。

初二杂记

这个农历新年因为父母到访，已知道会比较忙碌，所以前几天已预先写了几篇存稿，以免开天窗。这个习惯是向先生学习的，先生总是预算好自己的日程，提前多写几篇，情愿忙碌一点，也不肯让读者失望。粗略统计过，先生的书已出版近五百本，如今仍坚持每天更新日记，这份恒心，我辈如能学得十分之一，已受用一辈子。

今天终于与小妹夫家人见面，小妹夫的父母都是温文尔雅的长者。原来小妹的公公曾在国企担任高层，虽然刚刚退休，仍受限制，不能轻易出境，所以一直未能到香港见面，听后一家人释然，一顿午饭吃得其乐融融，气氛和谐。

多年未去，新菜品依旧保持水准，羊肉处理得极佳，白切羊肉口感如同熏蹄，但吃得出羊肉独有的鲜味；灵芝炖羊胎汤味道清甜，一大锅每人可分两碗，喝了仍觉不够。烤羊排是招牌菜了，外酥里嫩，羊味浓郁，无可挑剔。甜品燕窝羊奶挞用的是曲奇皮而非近年流行的酥皮，没那么腻，搭配起味道较重的羊奶更合适。其他菜肴也水准极高，烧鹅、白切鸡、烤乳猪、炒饭等，都有高级粤菜餐厅的水平。八大两小共十人，买单不到三千元，在广州已算非常有良心，而且今天是年初二，即使价格高一点也无可非议，但此店的价格着实亲民，难怪我们从十二点吃到两点，门外依旧大排长龙。

饭后从广州开车回家，一路畅通，不到一个小时就到达，是近年驾驶路上最畅顺的一次。昨天是年初一，家里没有打扫，没有洗衣服，回家后便让父母带着两个女儿看电视，我和太太分工把家务都处理好，才各自休息。

父母十八号到达深圳，至今已是第六天相处，虽然亲情可以遮盖一切不完美，但生活习惯上的诸多不同，仍会让彼此不快。粤谚云"相见好，同住难"，我自问算孝顺，几天相处下来，还是有点难受，只有不停劝慰自己，相处时日所余无几，好好珍惜吧。倒是太太生了两个女儿之后，脾气比以往好得多，以往她与我妈彼此看不顺眼，互相冷嘲热讽，我夹在中间颇觉为难，如今反倒是她劝我多体谅妈妈，虽然她也有抱怨的时候，但已比以往好得多。希望"婆媳关系"这个千古难题，会从此在我身上消失。

明天休息一天，后天便要陪伴父母回澄海，这次回去，主要是看望义母，另外是回祠堂祭祖。杨家出了一位香港大明星，是我的远房堂姐，但多年来不甚来往，印象中只见过四五次，说过几句话而已，手机上虽有她的号码，但十几年来从未拨打过。她前几年回祠堂祭祖，拍了电视节目，我爸到处向别人宣扬，这次回乡，刻意提起要回祠堂祭祖。活了几十年，我都不知道家里有祠堂，如今竟然是从电视节目里知道，实在可耻。既来之，则安之，父亲说要去，便随他一起走一趟吧，只是这种蹭热度的行为，我看不过眼罢了。

我们计划在澄海留到年初六，然后直接开车前往清远的小房子休息两天，到初八便送他们到深圳，过关回港。最近相处，天天为他们开车，载他们到处逛到处吃，也有点疲惫，但回想起小学那几年，父亲每天陪我早起，亲自送我去学校后才回公司上班，不辞劳苦，如今到我报答他们，也就没有怨言了。毕竟他们健在，而太太连孝顺母亲的机会也没有了，还是多包容吧。

浅谈情事

　　家父有两个姐姐，母亲有两个妹妹，他们生了我和一对双胞胎妹妹，我自己也生了两个女儿，身边家人，直系亲属里，以女性居多。小学时被学校挑选参加合唱团，二十位成员当中，十八位是女的。到读高中，选了文科，女同学占多数，一班四十人，只有我与另外两名男同学，在花丛中被包围。直到读大学中文系，情况也没有大改变，小时候活得有点像贾宝玉，身边的，大部分是女性。

　　自问异性缘颇佳，曾交过好几位女朋友，没确定关系而谈得来的女性朋友更是不少，直到遇到太太，她严禁我与红颜知己联系，自此，生活里就只有她一位同辈女伴。

　　据说狮子座的男士大多爱在女士面前展露魅力，吸引异性，回想小时候，我的确也有这种行为。在中学时参加流行乐队担任主唱，其后又加入足球队，更不停发表文章，也不单是为了"孔雀开屏"，更多的是自己爱好所在，但也因此招来了不少桃花。

二十多年前并没有"渣男"这个词，但用如今的目光来看，当年的自己也是一个惹人烦厌的渣男。有一位从十三岁认识至今的女同学，她说我总喜欢把女孩逗弄得喜欢上自己，然后又把对方置之不顾，她便是受害者之一。其实当初也没有坏心思，只是不懂拒绝别人的好意，对方一个电话打来，只要不挂线，我也就不好主动说晚安，导致对方误会我恋恋不舍。这种事情发生得多，受害者互相讨论，便觉得我是在渔翁撒网，久而久之，便遭人闲话。

因为名声不好，导致日后真正谈恋爱，女朋友都觉得和我交往缺乏安全感，总喜欢查看我的手机，明明没吃羊肉，却惹来一身膻味，确是无妄之灾。我最不喜欢被人局限，更讨厌被人冤枉，总因为这些事与对方吵架，所以有很长一段时间，对谈恋爱毫无兴趣。毕竟我也做不出背叛对方的事，又不想在一棵树上吊死，便告诉自己，即使多喜欢对方，也不要在一起，结果一次又一次伤害到别人。

读书时的恋爱，都较为纯洁，从未与对方跨出最后一步，成年后当然不会再受约束，但也会控制好自己。有一段时间因工作经常出差，每晚太太总要与我视频，直到我睡着，才安心挂线，虽是不信任，但除此之外，也别无他法让她安心，只好照做。既然选择了对方，就尽量让对方舒服，这种做法我毫不赞同，女士们千万别学，除非你的对象与我一样，害怕招惹麻烦多于恐惧失去自由。

如今生活归于平淡，以往种种已随着岁月被遗忘。这些女性朋友在我生活里留下的痕迹，似冲泡多次的茶叶，只留下她们的样子，但当初的茶香与茶色，已淡若清水。再见或不见，已不重要，因为往事都已刻在脑海里，经历过的，或没发生过的，都只在梦里偶尔出现，醒后又将遗忘。夜半醒来，看到太太和俩女儿熟睡的脸，才是最真确的幸福。

回澄海

昨天从东莞出发，开车到澄海，以往只需四个小时左右，如果不停歇，三个半小时也可到达，但春节车流量大，且沿路有多起交通事故，加上车上有老人和婴儿，休息了两次，结果开了六个多小时才到。

义父过世，义姐又已移民加拿大，义母一人独居，房子极大，本来可以住在她家，但拖家带口，不好意思麻烦她，便住到她家附近的国瑞豪生大酒店，即以往的澄海花园酒店。这里以往是当地最好的酒店，装修后气派不凡，分成三栋，大堂楼顶极高，装修也干净简洁，第一印象颇佳。

入住后才发现只是表面光鲜，房间和服务配套完全跟不上。最基本的，我们预订时已说明有婴儿，需要婴儿床，到房间后才告诉我们没有准备。三栋楼的酒店，原来只配备了三张婴儿床，这点完全不能接受。除此之外，被子也没有多余的，矿泉水只给两瓶，洗发水和沐浴露都固定在淋浴间，在浴缸给孩子洗澡，需要先跑到淋浴间用两个纸杯装好，十分不便。当然，这几天正值春节，客人多，酒店人手不足导致安排不善，也可以理解。只是这里的房间价格不比一线大城市低，便觉得不值，期待以后再来，会有改善。

下午四点多到达澄海，在酒店安顿好，便立即与义母碰面，晚上在澄湖酒家吃饭，这家店已是当地名店，生腌海鲜做得出色，其他潮汕小吃如蚝烙、水瓜烙、卤水鹅，都做得正宗，跟小时候吃的味道一样。有名的是五仁豆腐，把豆腐炸了，再撒上砂糖、花生、瓜子仁等，网上评论都说是必点的菜，我自己觉得只是一般，无甚惊喜。整晚最满意的是青橄榄炖角螺汤，清甜无比，喝得出没添加味精，甚难得。一顿饭吃完，席间聊得开心，父亲多年未回澄海，约了他的两位老同学一起吃，两位伯伯看着我长大，多年后再遇，仍感亲切。

这次回来，主要还是陪伴父亲，他早已安排好今天早上与澄海中学同学会的师弟师妹会面，出发前几天，已兴奋得像修仙渡劫一般，连续两三晚都没好好睡觉。他今早八点已出门，把母亲丢给我们照顾。我们在酒店吃完早餐，便到义母家里看望。

义母厨艺极佳，本来不想麻烦她下厨，但她说我们难得回来，必须做一顿饭给我们吃，此刻太太正陪着义母在厨房准备午餐，母亲则在大厅照顾两个女儿，一家人已久未团聚，其乐融融。午饭后打算带孩子们到隆都的田野，让她们看一下农民的生活，晚上则打算带义母在外面吃饭，不想再让她操劳。

这次回澄海，市区变化极大，主干道都是左右八车道，两旁都开满了玩具工厂。澄海除了卤水鹅有名，玩具工业也闻名于世，而且潮汕人善于经商，大批澄海人凭此发家。这两天所见，路上开的都是外国名车，市内的大厦越建越高，晚上灯火通明，路上也比以往干净，的确比以往进步得多。然而在路上开车，依然经常见到随处停车、逆行、不打灯切线等行为，也难怪回来的路变得这么堵塞。

钱赚得再多，地方再干净漂亮，如果春节因为乱开车而出了意外，也是十分遗憾。人总要带着希望，期待未来会有改善吧。

浅谈金庸小说女角

　　每日写这些文章，至今已写了一个多月。庆幸的是，看到有几位读者每日追看，也不停有新朋友因为看到新文章而把旧文章找出来一篇篇看完，只要知道有人愿意读，我便觉欣慰。

　　先生说过，长期写文章，不可坐吃山空，要不停吸收新知识、交新朋友、多旅游，才能保持思想活力，否则很快便被读者舍弃。近日写的文章都是家长里短，而今日想谈谈金庸小说。

　　昨晚睡不着，便走到书房喝酒，看着一架子的书，挑来选去，拿了《鹿鼎记》出来翻看。金庸先生的十四部小说，大家都熟悉，不必多介绍，即使没看过原著，至少也看过电视剧。影视剧拍得最多的，应该是《射雕英雄传》吧？情节当然是无可挑剔的，但郭靖的个性太过正直、严谨，如果他是现实中的人物，估计我与他是合不来的。黄蓉调皮古怪，作为朋友相处应该好玩，但她心眼太多，如果长期相处，会觉得累。

诸多书中女性角色，谁是最完美的妻子？每个人都有不同的答案，但大概没人会选小龙女吧？性格冷若冰霜，不苟言笑，也只有杨过如此跳脱的性格，才能互补。先生最爱的是何铁手，一生爱着袁承志，且生性乐观，个性也可爱，自然是讨喜的女孩，只是她其中一只手是沾了剧毒的铁钩，长年累月睡在身旁，被她的钩子碰到，可不是开玩笑的事情，还是有点怕怕的。

不少人会选择任盈盈，她性格大气，能够包容令狐冲对岳灵珊的感情，更会不停付出，而且会音律、懂武功，自然是理想对象，但如果要结婚，她有一个黑老大父亲，动辄杀人，如果没有令狐冲的本事，最好还是不要找这种对象，不是对方不好，是自己配不上。

张无忌的几位女伴，周芷若后期走火入魔，心态扭曲，自然不会考虑。小昭性格温婉，但她始终把自己视作婢女，相处起来互相礼让，颇为疲倦。赵敏性格刁钻强势，心计不弱于黄蓉，也是需要有大本事才能降伏的女魔头，非我辈能够和平共处的妻子，也只有张无忌这种缺乏母爱的妈宝愿意一直对她言听计从。

男主之中，最贴近我们的应该是韦小宝了。相信很多男性都有过娶七个老婆的遐想，我总觉得，韦小宝能娶七个老婆，且生活得轻松幸福，是因为他有一个贤内助。双儿从小跟在小宝身边，对他死心塌地，言听计从，但她对其他人并非同样温柔，与另外六位姐妹稍微疏离，时间久了也会产生矛盾；阿珂美艳无双，性格刚强；建宁公主则是被宠坏的姑娘，适合谈恋爱，不宜作为终身伴侣；曾柔、沐剑屏及方怡都美貌温柔，但无甚个性，当然，普通人如果能取到其中一位，已是万幸，但既然是幻想，为何不选最好的呢？

在我心中，金庸小说里的女性之中，最理想的妻子是苏荃。她娇媚貌美，艳丽无匹，被迫下嫁洪安通，在神龙岛上委曲求全，既能讨好神龙教主，又可笼络一众手下，遇到危险时也能冷静处理，总能做出正确的判断，韦小宝凡遇大事，都会聆听她的意见，她又能调和家庭关系，把刁蛮任性的建宁公主治得服帖。更重要的是她从不为丈夫带来麻烦，而只会协助丈夫解决问题，如此秀外慧中的女子，现实中何处得见？

小说里的人物、情节，只是补白了生活里的不足，回到现实，还是珍惜拥有的最实在。

测字往事

昨晚睡不着，夜半喝了一大杯鸡尾酒，半醉间写了首打油诗自娱。躺在床上依旧未能入眠，构思今日要写的文章，想着想着就睡去了。今早醒来，头昏脑涨，回想昨夜的文思，却一点都记不起来，大概是记忆力衰退了。也不要紧，反正能睡着就是，文章嘛，把自己绑在凳子上，便可写出。

找题材最方便的就是上微博了，很多写公众号的朋友都是在"热点"上找题材来写稿，我平时就不爱与人争，大家都写的话题，我没什么兴趣。近日春节，看到微博上有香港的女风水师为网友测生肖运程，不禁想起当年在内地流浪，为网友测字赚取旅费的往事，原来已是十二年前。

当年的微博刚开始发展，只有发文字和发图等基础功能，尚未发展出日后诸多的商业功能，我大概算第一批利用微博提供服务而赚钱的人。当年还没有微信支付，支付宝也不及如今普遍。我在网上为微博网友测字，因为有先生转发，求助者甚多，当年出门流浪，想给自己多点挑战，让网友随意付款，但不得超过五十元，否则身上钱银太多，花费难免宽裕，失去了流浪的意义。网友们通过银行汇款，我每日只测十个，收钱办事，当日给出回复，每日赚点零花钱，旅程逍遥自在。

测字者中，有熟悉的，也有素未谋面的。印象深的是柏钧兄测了个"莉"字，问感情，我的回复是"草禾待割，秋后有喜"，当年与他未算熟悉，后来才知道"莉"是嫂夫人的名字，好像测字后没多久，他就喜得千金。想找回当初的测字微博记录，但不易翻查，如今十多年过去了，准确与否，应有验证，还请当年测过的网友给论断。

当初为何会测字呢？一来旅途寂寞，可通过测字解闷。二来从小爷爷让我背诵字典，又是中文系学生，加上年轻时读过一本叫《测字秘牒》的书，对这一古老的占卜方法略有心得，便想考验一下自己能否学以致用。最重要的当然是能够赚钱。起初，看到如今的风水师连续五六年在网上收费为客户算命，我不屑地歪起嘴角冷笑，心想对方都是拾我牙慧，后来知道对方身价已过亿，不禁收起轻视之心，毕竟能坚持去做同一件事，已值得尊敬。我如果当初坚持为人测字，可能如今也会有点成就吧？但回头一想，测字的本意只是娱乐，并非我的谋生手段，以我的个性，不会为钱去说好话哄骗客人，也许会得罪不少人，想通了，便不可惜。

今日既然又想起此事，不妨再开生意之门，与众同乐。当年测字收费五十，如今物价上升，收费一百也不为过吧？如今年纪渐大，又有两个小孩子需要照顾，未必可以做到当日回复，但三日内回复应该没有问题。测字者一字问一事，最好手写后拍照发来，结合字迹，分析更准，有兴趣的朋友可点微博下方"赞赏"按钮付款，相金先惠，务求一乐。

台上台下

昨天重操故业，为网友测字，反响还算不错。但别看回复得轻松，分析拆解，也需花不少心思。"台上一分钟，台下十年功"，我们看别人办事轻松自如，却忽略了对方在人后默默地耕耘和努力。

来东莞十年，照顾我最多的是佳佳美老板娘一家。经先生介绍，与老板娘一家认识，少东阿钧年纪跟我差不多，这十年一起长大，总聚在一起喝酒聊天。老板娘年过六十，每天早上仍坚持游泳，身体硬朗。在道滘镇，佳佳美已是当地名片，大家都认识。很多人以为老板娘把生意交给下一代，已享清福，却不知道，每当端午前人手不足，老板娘仍旧会亲自上阵包粽子。大家看到的是穿金戴银，手提名牌皮包，出入名车接送的老板娘，却不知道她现在拥有的一切，都是年轻时辛辛苦苦包扎多少个粽子而换来的。

我关系最好的小学同学刘兆辉，衣着光鲜，风度翩翩，在香港中银国际投资部担任高层，为人温润如玉，是所有人眼中的谦谦君子，但他打起篮球来凶悍无匹，在比赛中得分真如探囊取物，反掌观纹一般。谁都想不到文弱书生一般的他，原来是篮球高手。小时候我跟他住得近，每天一起上学，只有我知道他每天早晨必在篮球场独自训练两个小时，训练后才洗澡换衣服上学。已故NBA巨星科比的名言："你看过凌晨四点的洛杉矶吗？"美国太远，但阿辉的确经常在凌晨四点的香港西营盘摸黑练球。

父亲有两个姐姐，大姑在文革时受过虐待，性格有点扭曲，终身未嫁，如今七十多岁，在家颐养天年。二姑嫁给我姑丈后，生了三个孩子。姑丈从事对外贸易，收入不稳定，二姑四十年来，在香港湾仔太原街经营小贩摊，卖手织毛衣。除了刮台风没人外出购物时她会留在家里，其他日子每天起床为家人做好早餐后，便出门开摊。收入虽微薄，但如今我三个表弟都已各自成家。二姑总共有六个孙儿，一家生活平淡自在，凭的就是二姑数十年来的刻苦，她即使带病也坚持工作，从不懈怠。

儿子进入青春期，性格反叛。他长得高大，样貌还算俊俏，在学校自然受女生欢迎，他总是因此对同学沾沾自喜地吹嘘。我小时候也这样，读书时真的不用复习就经常考得好成绩，也常因此而自满。日渐长大，在社会上接触的人越多，遇到的挫折便越多。原来，天赋是最不值得骄傲的。

上苍造人，各不一样。我相信每个人或多或少都有不同的天赋，有人长得好看、有人歌声嘹亮、有人身高体长、有人过目不忘。这些都是天生的，是基因赐予的礼物，每个人都拥有，只是各不相同而已。好好发挥自己的天赋，起码有一条活命的路，但，仅此而已。如果连天赋也不懂珍惜，那就真的是愧对天地父母了。

值得自豪的是在别人安于现状的时候，我们多付出一点努力，每天用汗水和时间换来的那丁点进步。即使只有一点点，日积月累，回头一看，就是巨大的差距。"伤仲永"的故事大家都听过，运动场上此类例子甚多。《世说新语》也记载过"小时了了，大未必佳"。其实，天赋在努力面前真的不值一提。先生前阵子办书法展，仍每天努力练习。我辈一事无成，还有什么借口偷懒？想要在台上光鲜，少不了台下磨炼。

谈陈医生

　　周三晚上香港赛马,完成赛事已是晚上十一点,洗澡后躺在床上复盘当日赛事,一般要到凌晨两三点才会睡着,所以周四早上经常是头脑迷糊的。农历新年假期过后,合作伙伴陆续开工,今早电话不断,打了两个小时电话,如今才静下心来写文章。

　　疫情总算稳定下来,如今香港内地来往虽不算方便,但起码已不用隔离。已预订好下周的酒店,准备带着家人回港,两个女儿出生后都未曾到港,这次带她们回元朗的家看看,期待下月完全恢复正常,以后可以频繁来往。这三年,除了与家人见面少了,也错过了先生的挥春展,颇觉遗憾。另外一件憾事,是未能现场观赏陈奕迅演唱会。

　　我们八零后如今已到中年,不管说粤语还是普通话,都是听着陈奕迅的歌长大的,直到这两年,他的《孤勇者》在国内更成了街知巷闻的歌曲，孩子都唱得朗朗上口，在各大社交媒体更是听到不少人的翻唱，但实在没有人能超越他的原唱。我虽没受过正规音乐训练，但也玩过乐队，自己也爱唱歌，自然知道他演绎歌曲的难度。

公认难度最高的是《浮夸》，我相信百分之九十以上的人都听过。据说这首歌写的是张国荣的故事，陈奕迅与他的关系亦师亦友，张国荣离世后，陈奕迅将《浮夸》唱得撕心裂肺，唱片里的版本，听过一次就不会忘记。难得的是陈奕迅在韩国演唱时，把最后的高音部分还原了唱片的感觉，完全征服了韩国的听众，至今在网上仍不断流传他在韩国现场演出的版本。这首歌我最少听过三百个不同的人唱，无论男女，从歌星到素人，都没人能唱出陈奕迅的音准和情感。

热门的歌曲还有《十年》，粤语原版叫作《明年今日》。这首歌旋律平和，节奏缓慢，唱起来并不困难，但由陈奕迅独特的嗓音喃喃唱出，就是与众不同的。喜欢到KTV的朋友总绕不过他的歌，比较容易唱得好的粤语歌有《天下无双》《幸福摩天轮》，国语的则有《想哭》和《不要说话》，都是音域不算宽广，节奏平和的。爱唱歌的朋友可以多练习，练好了，起码应酬时可以应付一下，不至于让人难受。人贵自知，出去唱歌最怕的是喝醉了的朋友，勉强自己去唱那些自己根本应付不了的歌曲，就像从来不做菜的人，一开始就为宾客做惠灵顿牛排一样，既糟踢了东西，还逼着大家一起受苦。

有人说陈奕迅总是拿到好歌好词，才会走红，但这是本末倒置的说法。与他同期的香港歌星，有好几位都一直备受关照，但能持续走红二十多年的，大概就剩下他了。如果不是因为他歌艺出众，欣赏者众多，作曲家和填词人会愿意把自己的心血交给他演绎吗？他不只唱歌，自己也作曲，比较精彩的是写摄影的《沙龙》，这首歌不算热门，但确实好听。他自己填词则较少，可能因为他从小在英国留学，语文根底不算出色。

作为听众，总会被陈奕迅的歌声打动。失恋时听《失恋太少》，快乐时听《马里奥派对》，兴奋时听《演唱会》，感叹时光飞逝时听《陀飞轮》，为人父母后听《大个女》，步入中年听《苦瓜》，总能把人治愈。他的英文名叫EASON，常被笑称为"陈医生"，这位医生用歌声疗伤治病，功德无量。

吃在东莞

前几天开始测字，多得大家信赖，反响还算不差。部分网友同意我公开测字内容，也有部分网友不同意，当然尊重对方。问的多是感情姻缘，接下来便是事业，较少人问的是财运，我觉得愿意看我文章的读者，应该都非市侩之辈，否则也读不下去我这些平淡的游戏文章。另有部分已付款而尚未要求测字的网友，请尽快跟我联系。

昨晚与家人外出，陪两个女儿拿前往香港的证件，顺便在外吃饭。东莞的市民中心干净明亮、气派宏伟，办事效率也高，如今在内地处理各种事务，已远比以往方便，值得称颂。

市民中心的负一层是一个开阔的美食广场，近年因疫情原因不少店都关门了，但木屋烧烤每晚依旧生意兴旺。我本对烧烤无甚兴趣，内地的烧烤大多靠孜然、味精和辣椒粉调味，味道单一，但这家的各种食材调味不同，能吃出不同的味道，尤其是羊肉串味道最出众，羊味鲜美而柔软，的确与其他地方吃到的不同。鸡皮也烤得香脆，是另一个必点的菜。最有特色的是烤猪蹄，一整只上桌，烤得油脂四溢，香气扑鼻。看起来与一般的无异，但咬下去皮脆肉嫩，再过一秒，强劲的辣味便充满口腔。那种滚烫如火的刺激，即使我和太太都能吃辣，也有点受不了，却又忍不住一口一口地大啖。这道菜绝对让人留下印象，隔一阵子又会专门跑过来吃。

在东莞多年，去过的餐厅不少，但愿意一直再去的不多。其中一家是先生带我去的"水乡美食城"，是由佳佳美经营的，以前在道滘镇政府旁边，如今已随着他们的工厂搬迁，到了道滘较偏远的工业区，改名为"喜悦水乡"。新店三层，楼下是超市，楼上两层可容纳上千位客人，菜品由原班人马制作，保持水准，鲫鱼蒸水蛋、卤水鱼头、肉骨茶焖膳、红烧乳鸽这些名菜还是随时能吃，到秋天有焗禾虫和焖禾花鲤，都是别处难吃到的乡下菜。我最爱吃该店的眉豆糕，用浅浅的锡盘装出来，切成薄片，原本应该是甜的，他们加入了五香粉，味道便与别家不同，每次去我都要吃上一大盘。

像香港的云吞面一样，东莞的烧鹅濑也是每一摊都有水准，比较过很多家，找出自己喜欢的口味，便经常去吃。每个人都有自己钟爱的小店，我常去的叫"宏兴濑粉店"。烧鹅濑由汤底、烧鹅和濑粉三个元素组成，我对濑粉的要求不高，吃不出什么好坏，只要不是太过软烂，或是毫无米香，我都能够接受。烧鹅皮脆肉嫩多汁是基础，这家腌制鹅肉的配方与别家略有不同，带有肉桂的香味，颇为特别，我因此着迷。至于汤底，有些店会用生熟地龙骨汤，说可解烧鹅的毒，但我自己觉得那股药材味与烧鹅并不搭配，而且颜色黑漆漆的，并不吸引人，还是简简单单的清汤便可，最能吃出烧鹅的香味。

加上以往写过的"论潮""太钟东海酒家"，这几家店算是我去的最多的餐厅了。至于日本餐，有一家相熟的居酒屋叫"兄弟船"，每周从日本进货，水准甚高，花同样价钱，如果在香港没有相熟的朋友推荐，是吃不到相同水准的食材的。另有一家意大利餐厅叫"马克罗尼"，比萨香、脆、薄，我一个人能吃一整个，偶尔想念，便专门跑去吃一个。韩国菜和东南亚菜，我至今都没找到满意的。

东莞甚大，好吃的东西不少，各个镇街都有特色饮食，来了十年，试过的仍是少数。想起有些人自诩吃遍天下，真是痴人说梦。莫说天下，能吃遍全国的又有几人？不说全国，吃遍广东也不易吧？而我，连东莞的都没有吃遍，也就更不敢妄自尊大了。

香港康得思酒店

时隔三年半，终于回到了香港。早上十点开始收拾行李，太太帮我剃了头，然后都洗了澡，便请同事帮忙，开车送我们到福田口岸。路上，太太想起以往在深圳常吃的米粉店，在皇岗村里，反正今天也没什么重要事，便绕道去吃了一碗粉，才到口岸过关。

早上我一直查看关口人流的消息，原本打算走深圳湾口岸，但在新闻上看到口岸堵塞，便马上改变主意，转到福田口岸。今天过关人流不多，对比以往的人头涌动，现在的确显得冷清，人流最多只有以往的百分之二十，减少了八成。通关后，卢健生兄已两次提醒我要先在手机上申报，只要在微信"海关旅客指尖服务"小程序里填好资料，生成"黑码"，截屏即可，非常方便，但在关口临时才处理，则可能要多浪费十几分钟时间。

我和太太推着两个行李箱，带着两个女儿，关口的执法人员都对我们特别关照，又让我们乘坐垂直电梯，又让我们走礼遇通道，从深圳口岸过关，再通过香港关口，走到香港落马洲的士站，整段路程才十五分钟，非常畅顺。

过关后乘的士到旺角朗豪坊的康得思酒店办理入住。我们家住元朗，出入不大方便，而且房间狭小，睡不了四个人，便决定住在酒店。

近年回香港，都会选择住在这家酒店，装修简洁干净，房间宽敞舒适，而且交通方便，楼下便是地铁站，又有巴士可以直接到元朗家门口，可节省很多时间。楼下便是朗豪坊商场，想买什么都可以找到。加上附近食肆也多，任君选择。最重要的是价格合理，当然，环境和服务不能与半岛或四季此类奢华酒店比，在香港这个消费高昂的城市，一晚一千八左右人民币的套房的确算便宜了。

入住房间后，侍者送来婴儿床及两套儿童浴具，又给她们准备了儿童零食，非常体贴。房间有一个小厨房，配有电磁炉、热水壶及咖啡机，可煮些简餐。客厅不大，但有一张小茶几可供我写作，已足够。床有一米八宽，左右两边也有足够位置放下婴儿床，足够宽敞了，较小的是衣柜，幸好最近天气回暖，带的都是薄衣服，也够用了。厕所、浴室干干净净，十分舒适。

这家酒店以往住过几次，有亲戚从外地到访，我也尽量安排对方住在这里，虽然窗外景观一般，但其他优点足以盖过这点小瑕疵。这次我们会住五个晚上，另外一晚则住迪士尼乐园酒店。如今长居东莞，回港反而变成了旅游，但住在这里，的确有宾至如归的感觉。这篇文章没收广告费，不过日后有读者再问我，到了香港住哪家酒店合适，我会推荐这家。

回港杂记（一）

昨天回到香港，已是下午三点多，孩子午睡后，便带她们在朗豪坊闲逛。晚饭找了一家日本餐厅，抱着希望进去，失望而归。服务恶劣，味道普通，价格还不便宜，当是买个教训。以后还是只能到相熟的日本餐厅吃饭，其他的，尽量不去。

近来住酒店老是遇到空调过热的问题，昨晚也担心康得思有同样情况，庆幸这里的空调无论风速和温度都可调节，整晚睡得舒适。唯一要挑剔的是所有插座都是港式的，没有内地规格的两脚插座，要请前台提供转换插座，并不方便。既然主打内地游客生意，这点应该尽快改善。

今早起床，便在酒店吃自助早餐。住了这么多次，还是第一次吃这家酒店的早餐，该有的品种都有，但没有任何一款让人留下印象。看到有现煮的汤粉，本来还略带期望，但汤底清淡如水，河粉更是如橡皮筋般，肉丸和鱼丸都是味精和面粉的混合物，难吃得很，以后还是到对面的茶餐厅随便吃点算了。

早餐后，从旺角打车到华富邨探望大姑。华富邨曾是吉尼斯世界纪录大全里全球人口最密集的地区，是香港知名的公共屋村，大姑住的华安楼已有七十年以上历史，大姑也已住在这里近三十年，我爷爷奶奶最后的日子也在这里度过。一进大姑家门，看到墙上的老照片，眼泪一直在打转。大姑看到我的两个女儿，也红了眼眶。如今大姑已七十来岁，身体多病，且终生未婚，孤独地住在小房子里，她说如今每天都是等着奶奶来接她走。我想把她接到东莞住，她不同意。她在十年浩劫中的经历惨不堪言，心态已完全扭曲。她说不想拖累我们，但其实她孤独无依，让我们更是担心。但长辈的选择我们也无法勉强，只能以后多回来看她。

下午回到元朗家里，见到了久违的家佣Lily，她已五十多岁，比我上一次见她时苍老得多。她也是第一次见到两个女儿，很奇怪的是，两个女儿平时颇怕陌生人，但跟Lily亲切无比，下午更是Lily把小妹哄睡着的，有些感情即使不是血肉至亲，也能感受得到。

趁她们午睡，我在元朗市中心办了诸多琐事，先到律师楼办理手续，然后到银行把以往的账户激活，再到马会更新账户，又去了商场买些杂物，独自逛了三个多小时，才回到家中。这时女儿也刚醒，父母便说出去吃晚饭。

晚饭在元朗YOHO MALL（香港形点商场）里的"莆田"吃，这家的兴化炒米粉极幼细，最适合小孩子吃，其他的福建菜也地道，母亲是福州人，开怀大嚼，但父亲则完全吃不惯。想起先生爱吃这家的枇杷薄荷冻，便叫了几碗来试，的确好吃。今天回暖，又在外晒了一整天太阳，口干舌燥，吃了一股凉意流遍全身，非常舒适。

饭后便乘车回到酒店，此刻太太正为两个女儿洗澡，我则在写这篇文章。写日常流水账，一点也不困难，只希望大家能看得下去。这几天匆匆忙忙，连堆积的测字订单都暂时未能处理，周四我会抽空全部测完，请大家见谅。

回港杂记（二）

　　现在是晚上十一点二十分，我刚从跑马地马场回到酒店，两个女儿还没睡，太太带着她们躺在房间里等我回来。放弃有一万个理由，但坚持只需一个理由：不能愧对别人的期望。所以，我还是赶紧打开平板电脑，写这篇文章。

　　与先生三年多未见，今天终于再遇。先生知道我太太嗜辣，我们带着两个孩子，便安排在湾仔的"阿里朗"吃韩国菜。我以前也一直以为韩国菜只有烤肉和泡菜，直到看多了先生的文章，才知道自己是井底之蛙，韩国菜变化颇多。今天先生给我太太专门点了一个辣的拌面，还有生菜包猪脚，都是她喜欢吃的。另外又专门给两个女儿点了软熟的烤肉，还有我最爱吃的烤鳗鱼，一顿饭吃得一家子满足，实在感激先生的细心安排。

　　席间和先生谈起香港的变化，最明显的是物价贵得离谱，当中又以餐饮行业最夸张。他说一顿六个人吃日本天妇罗，加上一瓶稍好的酒，买单竟然需要两万多港币。一顿普普通通的中餐，不含酒，没有鲍参肚翅，只蒸了一条马友鱼，也要四千多港币。我这几天因为带着孩子，还有婴儿车，一直坐的士，三天下来，也花了一千多块。我在内地生活惯了，觉得这些数字骇人听闻。

饭后与先生分别，我送太太和孩子回酒店，便赶紧又出门，陪父亲拜访他的朋友。父亲的朋友大部分都是做生意的，我从小对经商无甚兴趣，不爱与他们打交道，但碍于父亲的面子，便跟着他去。

我与父亲没什么共同兴趣，唯一相同的是热爱赛马，他知道我对这方面有研究，又有多年的记录，便到处跟别人吹嘘我是赛马专家。他身边很多朋友都是马主，近年购买新马，偶尔也会问问我的意见。我对这方面有兴趣，所以也尽量知无不言，有些世伯比较慷慨，事成后会给个红包，我也坦然接受。毕竟买一匹马花费几百万，我的意见虽不一定能为对方赚钱，但起码能省很多冤枉钱，这么一想，这个红包收得理所当然。

也有一些没那么厚道的，问过了意见，事成后也不道谢，我也无所谓，看到自己挑选的马跑出成绩，心里也觉安慰，毕竟对方愿意听取，也起码证明我的专业知识获得认同。最可恶的是那种财大气粗、不懂装懂的暴发户，我把详细的意见写成报告发给对方，对方收到后打电话来连番质问，其实答案都写在报告里，对于这种人，我只好直接挂线拉黑，好几次因此让父亲为难。

晚上请我们到马场的这位世伯年纪不大，五十来岁，说话干脆爽朗。我最近为他挑选的马匹顺利抵港，刚完成隔离，练马师说他的这匹新马潜力甚佳，虽未出赛，世伯已满心期待，所以专门请我吃饭答谢。

由于孩子不能进马场，我只好让太太和母亲带着她们，整顿饭我心里牵挂，食不知味，但气氛还是融洽的。好不容易等到赛事结束，赶紧坐车回酒店，当进入房间，看到太太和孩子期待的眼神，我也忍不住笑了起来，把她们都亲了一下，就赶紧把这篇文章完成。

在香港，一天真的可以办很多事，这是在内地生活时无法想象的快节奏，但我毕竟在这里长大，虽有疲惫，却十分享受。如今来回正常，以后肯定更多回港，当然，前提是要学会赚更多的钱，否则在这个贫富悬殊的城市，是活不下去的。

回港杂记（三）

昨晚回酒店写完文章已是十二点，洗澡后想喝点酒，酒店送了两瓶椰子水，正好用来兑酒，便喝了一大杯才睡，一觉无梦，睡到九点才起来。前两天酒店的自助早餐，印象一般，今天便带着家人到朗豪坊对面的贰号冰室吃早餐。

名字虽然改了，但菜牌和味道还是熟悉的，只要是熟客，都知道是以前的翠华餐厅改头换面而已。给孩子点了"仿鲍鱼丝火腿通心粉"，她们第一次吃，都很喜欢。三十多年前上幼儿园的时候，学校都是准备通心粉给我们吃的，又软又滑，孩子们都喜欢。我则吃了"沙嗲牛肉公仔面"，好吃吗？谈不上。但这就是香港人怀念的味道。太太则吃了一份牛扒套餐，早餐吃牛扒，也算得上豪华奢侈了，这是在东莞很少能享受到的，买单一百四十元，太太又"哇"的一声叫了出来。我跟她说，如果还以东莞的消费水平在香港生活，她一天要"哇"很多次，接下来几天，我让她把钱都交给我，不让她看账单了，以免她犯心脏病。

早餐后在附近闲逛，到"万宁"替她的朋友买了些药品和护肤品。很多没来过香港的朋友不知道"万宁"是什么，其实它就是一家高级杂货店，主要卖化妆品、护肤品、药品、婴儿用品和零食，品种颇为齐全，且价格合理，所以大陆游客来港，一般都会进去购物。如果大家未来有机会到香港，看到"万宁"，可以进去放心选购。

逛了一会儿便回酒店，太太带着孩子们在玩，我则在客厅办事。今天下午没有约会，孩子午睡后，准备带她们到中环逛街，晚上则约了家里所有亲戚在上环"北园"吃饭。以往家庭聚会，一般都在那里举行，主要是有一个大房，可以容纳四十人。

我们家两个孩子，四个表弟各自都已成家，单是小孩加起来就有九个。我们这一辈的，我年纪最大，接下来有两个妹妹、四个表弟、一个表妹，共八对夫妻，还有长辈十余人，加上各家的保姆，装满整个包厢，非常热闹。

记得前几年的家庭聚会，我没吃到一半，就已被表弟们灌醉，吃了什么都毫无印象。我平时在外甚少喝酒，但表弟们从小和我一起长大，聊起儿时趣事，这个敬一杯，那个敬一杯，还没开席已经半醉，到席间已倒下。今晚，估计也是要大醉而归，所以提前把文章写好，以免饮醉误事。

　　儿时我们在西营盘长大，母亲与二姑、二姨一起在正街开服装店，就在以往"源记甜品"对面，这几天乘车经过西营盘，"源记""炳记"都已关门，我们以往住的广德大厦也已拆卸，仿佛提醒着我岁月远逝，但也许因为我记性好，孩提时代的乐事从未忘却，似乎整个童年都是快乐无忧地度过。这些记忆也许间接证明了我父母从小对我呵护备至。这么一想，刚刚我妈带着榴梿和臭豆腐来酒店给我们吃，搞得房间臭气熏天，也没那么讨厌了。

回港杂记（四）

昨晚在香港上环的北园酒家与亲戚聚会，共计三十多人，最年长的是姑丈的四叔，我们称作"四爷爷"，是位画家，八十来岁仍身强体健，是家族里爷爷辈硕果仅存的一位。接下来是我父亲一辈，两位姑姑和父亲、母亲和二姨，共五房人。

我这一辈算第三代，表兄弟姐妹加起来八房，近年陆续结婚，如今第四代已有九人，昨晚长辈们开玩笑，说老十出生，就大家一起出钱为孩子摆满月酒。我去年已结扎，退出竞争，且看谁家先生出老十。

大表弟从小跟我感情好，我们同年，他比我小一个月，但个头比我高出许多，我们俩经常带着其他小的一起到处捣乱。前些日子，他得知我要回港，非常高兴，在微信里建了一个群，名曰"九十年代西营盘儿童冒险团"，把我备注成团长，他则是副团长，然后陆续把表弟妹们都拉进群，在群里畅聊儿时趣事，现在回想，也实在是好玩。

昨晚吃饭，我们俩挨着坐，席上准备了十瓶红酒，我们一人干了一瓶，喝得面红耳赤。我在外极少应酬喝酒，但与家人一起就放开来喝，结果当然是头昏脑涨。对许多儿时做的捣蛋事，我已没什么印象，反倒是他们提醒了我。

说是儿童冒险团，当年最大的冒险，便是我带着他们到香港有名的高街鬼屋玩捉迷藏。据说，该处在日占时期是日本军人收容麻风病人的地方，政府多次要拆掉重建，都有施工故障，上一辈的香港人无人不知，平日根本无人敢进。

当年我应该是八九岁，不惧鬼神，晚上大人在打麻将，我带着他们从正街跑到高街鬼屋，在里面玩捉迷藏。我当仁不让当抓人的那个，等他们都躲好了，我便独自回家玩游戏机，把他们晾在那里几个小时，等到大人们差不多打完麻将了，我才回去找他们。

只见他们几个已跑出门外，抱作一团痛哭，看到我回去，仿佛看到救命稻草。他们几个在鬼屋里一直等着我去抓，结果苦等不着，便陆续跑了出来，到最后发现少了我一个，又不敢回去找，吓得要死，结果见到我哈哈大笑，气得要命，围起来把我打了一顿。

这件事如非他们提起，我早已忘记，听他们复述，忍不住笑出泪来。小时候天天相聚，如今各自成家，几年才见一次，但相遇时仍亲切如初。

这几年我们各自忙着挣钱糊口养妻育儿，大家都已步入中年。昨晚拍了合照，二姑立刻从包里翻出以往的旧照片对比，大家的确都已苍老了不少。也不知下一代的孩子们还会不会像我们这一辈如此亲密，但我相信血浓于水，家人之间的感情是无法替代的。但愿无事常相见。

回港杂记（五）

有了孩子，自己的时间就少了。有人喜欢自由，有人享受天伦，这是个人选择，没有对错，但决定好了，就不要奢望两者俱得，否则只有羡慕别人。

我的选择是把时间和精力献给家人，既然选择了，就要乐在其中。昨天带着太太和孩子到迪士尼乐园玩，后面我妈和家佣Lily也加入，帮忙照顾孩子，一行六人，在乐园里玩了大半天。

香港迪士尼乐园开业有十多年了吧？记得以往读大学时跟同学去过一趟，正值万圣节，人潮涌动，我最讨厌排队，那时候每个机动游戏都要排半个小时以上，自此印象不佳，从未再访。

大女儿平时最爱看动画片，对迪士尼的动画人物耳熟能详，回到香港，自然要陪她走一趟。小女儿不到一岁，还不会走路，带她进去，也不过感受一下气氛，其实主要还是逗大女儿开心。

早上吃完早餐，收拾好行李，十一点从旺角乘地铁到迪士尼，大约需五十分钟，途中要换三次车。本来谈不上麻烦，但拖家带口，又拉着行李箱、推着婴儿车，便觉得非常疲惫。到达迪士尼后，先到酒店办理入住，把行李放好，再进去玩，原来从地铁站还要转乘穿梭巴士才能抵达酒店。到了酒店，进了房间，把行李放好了，孩子却睡着了，结果在酒店又待了大半个小时，才重新坐穿梭巴士回到乐园门口，已是下午三点半。

昨天阳光明媚，是出游的好日子，但我和太太怕感冒，都穿了黑色卫衣，结果从巴士站走到乐园正门的一小段路，已汗流浃背。一进乐园，第一件事便是到精品店买了两件短袖T恤换上，否则可能中暑昏厥。

十多年前的记忆已模糊，再次到访，仿佛初见，对一切都觉得新鲜好奇，和大女儿我们两个在乐园里东奔西走，太太和妈妈则轮流推着婴儿车，带着小女儿闲逛。

玩了几个机动游戏，像旋转木马、小过山车等，排队半小时，过瘾三十秒，对我来说毫无意义，但为的是看到孩子的笑脸，还是值得的。

刚好昨晚先生的秘书Cherry也和家人到乐园里玩，便约了碰面，可惜对不上时间，未有一起吃饭，只在饭后聊了几句，便又各自带着孩子去玩。三年多未见，她越来越年轻。我和她岁数相仿，她看起来却比我年轻十岁，实在驻颜有术。她的儿子跟我大女儿也只差一岁，两人玩得开心，已约定日后有机会再一起出游。

晚上在乐园里看完烟花，便又回到酒店休息。本以为疫情刚过，人不会多，结果出乎意料地热闹，是近几年见过最多人的一次，似乎香港的一切已恢复正常，可惜的是大家仍需戴着口罩。

期待在不久的将来，一切恢复正常，否则大家掩盖口鼻，看不到孩子们的笑颜，付出的时间和精力便失去了意义。

回港杂记（六）

　　前天晚上在迪士尼乐园酒店住了一晚，昨天起床便在酒店吃自助早餐，食物质素不提也罢，白灼西兰花甚至已出现异味，但又没有其他选择，只能忍受。

　　匆匆吃完后，便乘车回到市区，准备与父母在上环的尚兴潮州饭店吃完午饭，就出发回东莞。路上大女儿躺在我怀里睡着了，平时早上她从不睡觉，在车上也喜欢到处张望，发现新事物，也许前天玩得太疯了，所以即使路上嘈杂，她也睡得昏昏沉沉。到了餐厅，父母已在等候，把大女儿叫醒，发现她双颊通红，身体发烫，一摸额头，像烧红的烙铁，心知不妙。她醒后哇哇大哭，怎样哄都没用，我们看得又紧张又心疼。

　　急忙到附近药店给她买了退烧药，饭间连哄带骗，喂了她几口粥，便把药水灌给她喝。不一会儿，她便把早餐吃的东西全部吐出，这才好了一点，但高烧仍未退。看她的状态，估计是早上吃了不干净的西兰花，导致急性肠胃炎。

虽说现在已经通关，但发烧是过不了关的，临时决定在香港再住一天，本来想住在酒店，但父母都让我们回元朗家里住，他们可以帮忙照顾，便听从双亲安排，把行李搬到父亲车上，跟他们回家。

从上环开车回去，要四十分钟，大概是退烧药起效，女儿在车上一直唱歌，似乎已好了七八分，我们也安下心来，路上也陪着她哼唱歌曲，一下子就到家。

元朗家里养了一只白色柴犬，叫多比，我们一开门，它便扑出来迎接，两个女儿从未与宠物如此亲密接触，一下子被吓着了，大女儿一下子又吓得全身滚烫，开始呕吐。多年未回来住，家里的床单被套都要换上干净的，花十几分钟简单清洁了一下房间，才让太太带着大女儿午睡，我则安顿小女儿。

到了傍晚，大女儿稍微退烧，但精神不振，便请Lily给她煮了白粥，又是一顿哄骗，她才勉强吞了半碗。之后又喂了一次药，她才算好了一点。

我们家三兄妹，当年搬到这房子里，父母将两间孩子房改建成三间，让我们三个都有自己的房间，但面积则小得不能再小，每个房间只能放一张一米二的小床和一张书桌，如今带着孩子，更是无法腾挪。我昨晚带着大女儿睡自己房间，太太则抱着小女儿睡小妹的房间。

大女儿吃了药，还算睡得安稳，只是半夜一直出汗，我不敢大意，一直看护着她，到凌晨四点多才迷糊睡去。她七点醒来要喝水，我摸了一下额头，还是滚烫，便又给她喂了药，之后她却不肯再睡，我也只好跟着她醒。小女儿昨晚则整夜被蚊子折腾，今天醒来，脸上被蚊子叮了十几个包，触目惊心，太太也整晚没有睡好。

既然都睡不成了，就和父母一起到元朗的大荣华酒楼喝早茶。折腾了一晚，昨天照顾孩子也没好好吃饭，看到点心纸上的菜名，每一道都想试，结果点了十二样点心，一家人吃得干干净净。印象深的是猪肝烧卖和南乳烧腩卷，都是别处少见的传统点心，买单才五百多元，非常划算，味道也好。这家店经营数十年，屹立不倒，总有其道理，有机会到元朗的朋友可去品尝。

吃完早餐回到家里，大女儿已退烧，精神也恢复，只是我和太太已精疲力竭，准备写完文章后稍微休息一下。等下午再为女儿测体温，如果痊愈了，便立即回东莞。

回来这几天，妈妈一直陪着我们，爸爸只要有空，也会开车陪我们到处去，害得他推掉了多个约会。我已年近四十，老是麻烦他们，心里甚不安，作为子女，实在不愿意父母把自己当成客人招待。

今晚回东莞，不知何日再归，只希望未来再回家里，可以如以往般，白天各自忙碌，晚上一起在家里吃饭喝茶，这才是家人正常的相处方式，否则即使骨肉至亲，也会变得疏离。

自寻快乐

想去澳门

这次在香港住了一周，昨晚回到东莞家里，睡得安稳，今天精神奕奕。

昨天从香港元朗家里坐车到深圳湾口岸，只需二十分钟便抵达关口，过关的人不多，五分钟便已完成手续，便直接上车回东莞，从香港出发到东莞家里，整个过程才一小时四十分钟，比从家里去清远更快。

想起之前父母回来，原本计划带他们去清远小公寓泡温泉，但因他们出发前染病，耽误了几天时间，所以便取消了清远行程。我们之前准备了大量烟花，准备给他们玩，如今春节已过，也不知下次再去的时候能否再放烟花。已有一个多月没有过去住，颇想念和孩子泡温泉的时光，但刚从香港回来，还是想在家里多待几天。

在香港处理了颇多杂事，像开设银行账户、更新护照、到律师楼办理文件等，都算顺利，但有些要等几个工作日才能有结果。另外香港家里也准备装修，方便以后两个孩子回去住，也要找时间去跟装修公司碰面。所以下周要再回去一趟，现在过关方便，并不觉得麻烦。

除了香港，很久没去的还有澳门。我曾在来往港澳的金光飞航船上当过三个月服务员，那时候隔两三天便要在澳门住一晚，之后又曾跟银河酒店做过点小生意，短住了一个月，之后也跟先生在龙华茶楼办过苏美璐小姐的画展，加上和家人朋友多次到澳门玩耍，对澳门算是熟悉的。直到疫情暴发，已四年未到，最近接到永利皇宫酒店来电，说可以送免费房间，便想带孩子去一趟。

很多人以为澳门只有赌场，其实还有很多有趣的地方可以逛。我除了赛马以外，对其他的耍钱游戏无大兴趣，即使进了娱乐场，玩的也是最简单的老虎机，拿几百块消磨一下时间，运气好则赢一顿午饭钱，运气不好就少吃一点，当作减肥。第一次去威尼斯人度假村，都会被他们酒店里的运河吸引，大人当然看不上，但对孩子来说，坐在酒店的贡多拉船上，也是难得的经验。如果夏天去，各个酒店都有大型游泳池，有些会举办冲浪活动，两个女儿从小爱玩水，应该会喜欢。永利皇宫门前有小型过山车可直达二楼，门前的音乐喷泉每晚有表演，是最简单的娱乐。还有近几年新落成的几家酒店，看网上资料介绍，都值得去看看。

吃的也让人怀念，营地街市场三楼的各家小店，从以往只有当地人吃，到如今成为食客到访的热门地点，诸多店铺数不胜数。我一想到祥记面家的虾子捞面就垂涎。还有官也街路上的各种小吃，像猪扒包、葡式蛋挞、大菜糕、榴梿雪糕等，虽然现在全国都能吃到，但说到好吃，还得是澳门本地做的。

写完这篇文章，已有马上动身的想法，看了一下百度地图，从家里出发到拱北口岸，约需一小时五十分钟，尚可接受。刚跟太太一说，她跳了起来，说我们昨晚才回家，今天又想出门，把我骂了一顿，马上便打消了念头，还是乖乖在家里待几天再想吧。

过情人节

今天西方情人节，想起以往有位女同学是这一天生日，我经常开玩笑，说谁娶了她就赚了，每年可以把生日礼物和情人节礼物合二为一，省了一份，长年累月下来，也不是小数目。

我本是一个无甚仪式感的人，但这个情人节例外，必须准备礼物和想好如何庆祝。毕竟这是两个人的节日，自己可以不重视，但也要考虑对方感受。女士嘛，都喜欢被宠溺被重视，尤其太太近年忙于带孩子，平日已甚少外出，如果连节日也不庆祝，那么她的生活便少了很多乐趣和盼望，所以即使我不爱过节，也得为她花点心思。

一年三百六十五天，要庆祝的日子如下：元宵节、西方情人节、五月二十日、七夕、圣诞节，还有相识纪念日、结婚纪念日、她的农历生日及公历生日，共计九天，每个节日送一份礼物，然后为她做一顿饭或与她找一家新餐馆去吃，接近十年的相处，我已江郎才尽，想不出什么新意。前几年疫情，不能外出，更是难变出花样，只能躲在家里生娃娃，才有了两个女儿。

情人节本来计划在香港过，把俩孩子交给父母帮忙带一天，然后带太太到太平山顶吃晚饭，但发现餐厅早已预约满了，便打消了念头。这样也好，她不爱吃西餐，又爱吃辣，如果到山顶吃饭，气氛虽然浪漫，但吃的东西不合她胃口，她也未必高兴。今天天气忽然转凉，灵机一动，想到晚上和她一起吃火锅。在外面吃火锅当然没什么特别，但如果在自己家里吃，就完全不同。

先到市场买食材。买两大块筒骨和白萝卜，加入瑶柱和虾米来熬汤底，一半不辣，另一半则加入自己炒香的干辣椒和花椒，做成麻辣火锅，太太最喜欢吃了。然后买点牛腱，就是潮汕人称作"五花趾"的，切成薄片，牛肉味浓又爽脆，最适合烫熟来吃。猪肉则买黑猪的猪颈肉，切好后先用鱼露、花雕和胡椒粉腌一下，这样用任何一边的汤底来烫都好吃。太太也喜欢吃猪肝，处理起来颇花费功夫，但一年吃不上几次，没什么好抱怨的，先用清水冲净，再用牛奶浸泡，吃之前再洗一遍才切片，用麻辣汤来煮，又香又嫩。蔬菜则看什么新鲜就买什么，不必烦恼。最后买些海鲜，像肉蟹、海虾、龙虾、墨鱼、鲜鲍鱼、扇贝等，可多选几种，但分量不必多，每样一点点就好。海鲜不适合用麻辣汤来煮，否则鲜味尽失，还不如吃速冻的蟹柳和肉丸，都用骨头汤来煮，到最后那半锅汤鲜甜香浓，吃得六七分饱了，就下"管家"出品的龙须面，烫一下子就熟了，一包不够就吃两包，肯定够饱。

席间可开一瓶清酒来配，酒精度较低，味道也较淡，最适合配火锅。这一顿饭，相信太太会满意的。

晚餐想好了，那礼物呢？以往什么都送过了，皮包、化妆品、护肤品、首饰、毛娃娃，家里堆积如山，甚至我们家的车和房子，全都是她名下的礼物，实在想不出再买些什么了。忽然想起之前写歌词来赚钱，今年专门为她写了一首。今天醒来，我把保姆颜姐和两个女儿支开，在家里唱给她听，打算给她一个惊喜。这份礼物算是花尽心思，也独一无二了，歌词写到了我们这些年的共同回忆，应该会感动到她。她听完之后，眼眶略红。我问她喜不喜欢，她说："喜欢，但以后还是折现吧。"

记噩梦

近来晚上追看电视剧《狂飙》，吸引人的是人物塑造得立体，每个角色都有自己的性格，而且心路历程的起伏刻画得非常细致，任何行为与动作都与剧情的发展息息相关，但此类反黑题材的电视剧及电影，为了顺利播出，难免都要拍成大团圆结局，善恶到头终有报，结局虽大快人心，但总有些反派角色，比男主角更让人心疼与同情。而且影视作品因尺度限制，拍出来的情节总不如现实中的触目惊心。

十四岁那年，我亲眼看见过杀人，而且凶手和被害人都是熟悉的人。

那时候，我妈妈在皇后大道西开了一家服装店，我放学后如果没有踢球，总会到她店里玩一会儿，然后等她收档一起回家。有一天，一个男人拿着菜刀，在店对面的马路上追着一个女人来砍，我看到的时候，那女的背上已满是鲜血，跑得摇摇欲坠，最后那男的追上，把她推倒在地，然后跨坐在她身上，把她翻过来，脸对着脸，说了几句我们听不清的话，然后，一刀刺下，就这样，男人一直骑在女人的身上，喃喃自语，谁都听不清他在说什么，血从菜刀的刃口滴滴答答地落在地上，整个过程不过十来秒，已把我和周围的人吓得目瞪口呆。

案发地点离香港有名的西边街警署"七号差馆"不到两百米，警察在大家发呆的时候已赶到，一下子就把男人铐起来，那男的也没有反抗，女的到死还一直睁着眼。后来，我才知道这对男女是夫妻，而且是我一位小学好友的父母。他是唯一一位与我上同一间中学的小学同学，我们虽然每天见面，但长大后有了不同的朋友圈子，平时聊得不多。当天晚上，我打电话去安慰，却不敢问太多，毕竟好友刚经历如此惨剧，再次提起，会让对方回想起这段可怕的往事，徒添悲伤。

庆幸的是这位同学后来没有受父母的事情影响，发奋学习，如今已是航空公司的高层，算是这个可怕故事的一个美好结局，但对我来说，这可怕的场面却成了挥之不去的梦魇，我经常在夜里梦到这血淋淋的一幕。

男的为什么杀人我不清楚，当然猜想过原因，但对方是好友的双亲，实在不忍细想，每次脑里冒起这件事，我都会立马强迫自己想其他快乐事，将这段回忆掩埋。近年梦到此事的次数越来越少，昨晚却再次梦到，未知是否因为看电视剧杀人的画面勾起了脑海深处的记忆。

到现在，我都不知道这对夫妻之间有什么深仇大恨，只知道同学从那一刻起就失去了双亲，他的妈妈当场去世，他的爸爸则被判了终身监禁。如果要堕落，他可以有无数的理由和借口，但他选择了另一条路。对我来说，这只是偶尔梦到的可怕景象，但对他来说，这是影响一辈子的大事。

人生在世不称意，不一定要明朝散发弄扁舟，也可以多想想身边的家人、朋友。每个人都是独立的个体，每个人都有不同的原生家庭。我的这位好友，在失去双亲后，从一个成绩中上的学生，发奋努力，如今算是我们小学班上成就最高的同学之一。这并不是励志电视剧，而是现实。现实中，遇到同样境遇的人也许大多数都会沉沦堕落，但始终还是有人默默在努力、奋斗。每当我不如意时，这位同学的经历总会鼓励着我。

如今把这段往事细说，也愿大家遇到困厄时，回头看看家里，其实你并非一无所有。

再谈钱

疫情似乎已经消失，这几天在东莞，看外面戴口罩的人已越来越少，而以前到处可见的核酸检测点也全部消失无踪，街上关闭的店铺也陆续装修好了重新营业，眼前是一片欣欣向荣的景象。上周回香港，除了到处都需要戴口罩，生活与三年多前区别不大，最大的不同在于手机支付比以往方便多了。

2019年回港时，香港还未流行手机支付，网上银行转账也甚为不便。在东莞生活久了，已习惯出门不带钱包，付钱不用现金；那年回港，试过把钱包留在家里，独自在外吃饭，买单时才发现没带钱包，店铺又不接受手机付款，只好请母亲帮忙，亲自跑到店里为我结账，等待母亲的时候既尴尬又不安，从此钱包必放在家里当眼位置，出门前必带上。

手机支付的确方便，但也有缺点，最大的问题在于下一代的孩子对金钱会逐渐麻木。我们小时候买东西都用现金，父母给一张十元纸币，买东西换回来的零钱，放在自己口袋，剩下多少心里有数。现在却不一样，小孩子跟着父母到超市购物，喜欢的就拿，父母买单，看着用手机一挥，便可把东西拿走，仿佛一切都是免费的，时日久了，就以为父母的金钱无限，想买什么都可以满足。

最近去超市买东西，目睹一个两三岁的男孩躺在收款处的地上哭闹打滚，让爷爷给他买一盒哈根达斯雪糕。那爷爷六十来岁，穿着朴素，一直说钱不够，孩子却一直喊："手机！手机！"他们并不知道，手机里的钱也是有限的。

小时候家境虽算小康，但家里开销不小，大部分都由父亲承担，那时候他的钱包放在家里电视柜下，每天都可以看到他钱包的厚薄，从月初鼓囊囊，到月底干瘪瘪，就知道什么时候可以撒娇让他买玩具，什么时候应该心疼父亲。

儿子喜欢打球，在学校与同学攀比，痴迷于名牌球鞋，每次过节都要求我们买新的，一年下来好几双。从去年开始，我也规定他每年只能买两双鞋子，一双球鞋、一双休闲鞋。以往每周给他零用钱，每次都花得一分不剩，大概是因为不知道人间疾苦。

大女儿日渐长大，也开始有购物欲，每次外出必要求我们给她买玩具或零食。最开始我每次都会满足她，但最近发现她变本加厉，只要不答应便撒泼尖叫大哭。我知道再不教育，将来她只会越来越贪心，只好狠下心拒绝她的请求，即使心疼，也不心软。

做父母的，当然希望孩子从小衣食无忧，不用为钱发愁，但我家经历过破产，我从无忧无虑变成一无所有，要去码头当苦力为家里还债，知道花无百日红的道理。如今生活虽算安稳，但日后会否有意外说不准，还是要未雨绸缪。现在孩子每次要买新东西，我都要求他们完成任务，才给他们买，让他们学会先耕耘后收获。

我从小泡在蜜罐里，父母对我有求必应，也让我染上买东西不看价格的坏习惯。直到和太太一起，把钱都交给她打理，她小时候生活困苦，所以精打细算，家里才算过得张弛有度，家里收支多少都由她来主持。我负责的，只是让孩子们懂得珍惜而已。

即 日 来 回

上周回港，处理了不少事务，有些即时可以解决，但有些也需时日。昨晚母亲来电，说家里收到几封我的信，我知道有些事情已经办妥，今早便出发回香港。

周五的早上颇堵车，从东莞家里开车到福田口岸，平时大约一小时就到，今天开了一个半小时。有了上周的经验，在车上先用手机做好海关申报，进入口岸前只需在机器上扫描一下二维码，便可过关，整个过程不到十五分钟，的确方便。过关后立即跳上的士回家，Lily知道我今天回去，给我炖了一盅石斛瘦肉汤，到家刚好可以喝，喝完后就把收到的信件逐一打开，大部分都是马会寄来的宣传信件，另有银行信件一封，说账户已开好，可以使用，但需要到银行激活，便又匆匆出门。

在家楼下又叫了一辆的士，到元朗市中心的银行激活账户，过程不到一分钟。以往在香港没开过银行账户，因为小时候爱乱花钱，从无存款，所以也就没必要开账户了，如今为了孩子日后在香港生活，还是要先办好各项手续。

接着就到邮局拿一封挂号信，这几年疫情困在家中，没用过护照，最近才知道已经过期，便在"香港政府一站通"网站申请了更换护照，所有资料都可以直接上传和填写，几分钟便办妥，说之后会寄信到家里，可以凭信件及过期护照换取新护照。拿到了信，立即打开，却发现里面又是马会寄来的礼券，可以在万宁当作一百五十元现金使用。这次回来，最主要的是想把护照换好，方便之后出门，谁知收到的却是购物券，大失所望，便立即致电入境处问清情况，原来网上办理护照，需时较长，结果白跑一趟。

这时已是中午，早上没吃早餐，只喝了Lily炖的汤，肚子咕咕叫，想起附近的好到底面家，便马上走过去。这家店1946年开业，至今七十多年，是一家老牌面店。好不好吃不需要评价，我一直强调，这种小店能经营超过三十年，绝对有过人之处，否则在香港不易生存。以往在香港常吃，久未尝到，甚想念，坐下便点了一碗虾子捞面、一份净牛腩和一小瓶可乐。一吃进口，还是熟悉的味道，五分钟便吃干净，买单一百多，谈不上便宜，但确实值得。疫情三年，他们熬过了，但有些店却撑不下去，像我熟悉的源记、炳记，都已结业。有些味道，舌尖再也尝不到，只有凭记忆来弥补了。

吃完面便到万宁，大女儿小时候对某种蛋白过敏，要吃特定的奶粉，这种奶粉在内地不易买到，即使买到，价格也比在香港贵出一大截，如今通关，以后就可以从香港买奶粉回去了。买了奶粉之后，看婴儿产品部有很多精致的零食和玩具，便又挑选了一些给她们，之后又到一家FANCL（芳珂）买了些健康食品给太太，便出发回东莞。

早上九点半出发，下午四点到家，一来一回，似乎办了很多事，但也觉得没办什么事。只觉得如今通关了，真好。毕竟我在香港长大，这样即日来回，既慰了乡愁，又不会太过思念妻儿，即使累一点，也觉值得。

文字有价

这些短文章已连续写了两个多月，今天翻看一下字数，也差不多有八九万字了。过程中曾染疫，曾出门，都坚持下来了，相信自己可以继续写下去。会是负担吗？谈不上。起码到现在都是乐在其中。曾写过很多不同类型的文章，小说、散文、诗词，甚至读书时写过几个舞台剧本，还有工作上的来往公函、赛马的研究文章等，几乎每天都要敲键盘，如今抓起笔来，反而写不出字了。

最爱写的，还是散文，因为不受字数、题材、音律的拘束，可以随心所欲，爱写什么都可以，偶尔抛点书包，夹杂一两句韵文，也为写作的过程增添一点趣味。小说也曾写过一两部中篇的，短篇的也不少，最多的是当年先生提倡的一百四十字微小说，加起来也有上百篇了，偶尔翻看，觉得当年思想负担较少，文章比现在的好看。

之前曾经提过，今年准备写一部较长篇的小说，最近都在整理资料，相信下个月便可以开始，但在哪里发表呢？这个问题困扰我颇久。在微博发当然可以，只是这并不是一个专门写小说的平台，而且写了版权没保护，随时被复制到其他平台，让其他人当成自己的作品来发表，编辑朋友大力反对。于是，我便在网上找寻相关资料，看哪个网站最适合发小说。

内地目前主流的小说平台有"起点""番茄"等，各个网站都有详细的收入分配计划，我对数字不敏感，只知道网上有很多靠着写小说致富的例子，让不少人憧憬，其实我知道失败的更多。我如今写作，主要以娱乐消遣为主，并不寄望凭此发达，所以心态也比较平和，只要网站发表方便，能保护作者的版权，便已知足，收入如何倒不是我考虑的。

也有朋友跟我说，在内地网站写小说，所受规限甚多，很多题材都不能写，会影响创作，我也不是很担心。我写的是志怪小说，不涉及敏感话题，应该不受影响。既然选择参与这个游戏，就得遵守游戏规则，如果不喜欢，直接退出便是，最讨厌的是那种又要在内地赚钱，又不想守游戏规则的人，像香港某些明星，总想左右逢源，最终只会里外不是人，被人唾弃。

从小就爱写作，直到最近，才真的变成习惯。以往曾幻想过凭写作赚钱，养活妻儿，现在大概不可能实现了，至少目前写的这些文章没有为我带来任何收入，但我还是会坚持写下去，一来是自己的兴趣，二来是谨记着先生教导的"先耕耘，再问收获"。而且，现在生活压力较小，才有余暇和心思写自己想写的文章。如果有了经济压力，写出来的文章必定功利，看过很多网络小说的作者，总在文章后方插入一段文字，乞求读者打赏，看着让人心疼。

始终相信文字有价，但并非靠低眉顺眼，讨好别人而来，我性格孤傲，如果要我折腰低头，还不如不写。

如 初 见

若是二十年前，这周末我可以整天屁股粘在电脑桌前不动，欣赏诸多体育赛事。

昨天早上，是澳大利亚的闪电锦标赛马日，从早上九点到下午三点半，共计九场赛事，接下来是日本职业足球联赛开锣，刚好四点和六点都有赛事。晚上九点十五分，两匹香港赛驹"将王"及"多巴先生"远征卡塔尔，出战国际一级赛酋长锦标，结果香港马"将王"顺利击败诸多强敌，为港争光。接下来是欧洲各地球赛，如果愿意看，可以一直看到天亮。

今天早上，是NBA的全明星周末各项技巧赛，当中的扣篮大赛最精彩，每年必看。中午十二点开始十场香港本地赛马，且看今天运气如何。到了晚上又是各地足球赛。我支持了二十来年的曼联今晚将迎战莱切斯特城。接下来还有其他球赛，又是可以看通宵的一天。

若是二十年前，这周末我可能会四十八小时不眠不休追看诸多体育比赛。

俱往矣。如今当然还会选择性地欣赏部分赛事，但再也没精力连续两天熬通宵了。加上有了家庭的羁绊，更会理智地分配时间。现在除了赛马，其他体育赛事都尽量不观赏了，看一场足球赛要两个小时，如果看篮球比赛，暂停次数没完没了，万一遇到平局，还要进行加时赛，一场比赛最少三个小时，实在花不起这些时间来娱乐了。以前还会看"王者荣耀职业联赛"，去年十一月底把这个玩了七八年的游戏卸载了，便也不再观看。

每个人每天都只有二十四小时，每周也只有七天，如何分配时间，是每个人生活及成就不同的区别。自大女儿出生，我从未离开她超过一天，只有父亲动手术前的一个晚上，我独自在医院附近守候，直到他手术顺利完成，我才匆匆回家陪伴家人。小女儿出生至今，更是从未远离。大部分时间都花在家庭，每天在家里花的时间也是用来阅读、写作、钻研赛马。偶尔追看一部电视剧，隔几天在家里唱唱卡拉OK，便是最大的娱乐。

回想以往，我的性格也是外向爱结交朋友的，在出来工作之前，经常跟朋友外出玩耍，不愿归家，如今却宁愿一直窝在家里。是什么改变了我呢？大概是父亲的性格。

父亲甚爱参与社会活动，近十年更厉害，参与各种公益团体，到处皆是朋友，每天都有饭局，仿佛一年三百六十五天无休，近年甚少在家里吃饭，和母亲的关系也若即若离。他们夫妻相处近四十年，感情变淡能够理解，但看他白天上班、晚上应酬，没有时间陪伴家人，我心里很确定，这不是我想要的生活，便刻意把自己藏在家里，变得越来越不喜欢与人接触。

昨晚睡前，又与太太吃烧烤喝酒，聊天时她问我："身边没有朋友，会不会孤独？"我想了一下，跟她说："有家人已足够。"何况，我并非没有朋友，只是少见面而已。虽说"但愿无事常相见"，但把朋友常放在心，也是另一种相处模式。君子之交淡若水，不掺杂利益、恩怨，即使多久不见，再见亦如初见。

让他娘等

近日白天空闲时，便重看先生写的《在邵逸夫身边的那些年》。对先生的书和文章，像我们这种忠实读者翻看又翻看，微博知己会里的诸位护法都有类似习惯，即使先生不"重播"，我们也愿意主动重看。金庸先生作品十四部，重拍又重拍，观众从未断绝。《教父》在HBO电视台每年还是不停播放。反复听的歌曲更不胜枚举，好的作品，无论文章、电影还是音乐，总是值得一再重温。

书中印象最深的是先生写方逸华女士每逢开会必迟到，总让一群人等着她。这种经历，在内地工作久了肯定也遇到过。有些人总喜欢用别人等待的时间来证明自己的价值，别人愿意等他越久，仿佛越能证明他位高权重。

有一位长辈在东莞设厂多年，手下员工在全盛时有两三千人，风光无限。我因工作经常要找他开会，每次都在工厂的会客室等着他，少则半个小时，一个小时是常事，最久的一次，曾从早上十点半等到下午三点。那时候出于尊敬，我乖乖地等着。

其实这位长辈并非故意刁难，只是每次约谈都聊得比较详细，原本计划聊半小时的，总是要一小时才结束，接见的人络绎不绝，每节会面延长半小时，累积起来，后面的人等的时间越长。后来我便学乖了，每次他约我谈事，我总是八点半就到工厂，等他从香港到达，争取第一个跟他见面，尽快把事情聊完了便马上离开，既不耽误自己，也不影响别人。

这位长辈财雄势大，但为人还是谦厚的，虽说经常要等他，但记忆中他绝少迟到，会议推迟也只是因为公事，可以理解，所以我也从未因此而发脾气，但等得太多，怨气总是有一点的。真正让我烦厌的，是有些地方官员。

有一次到外省出差，谈一宗不大不小的合作。去之前我已定好酒店，叫好车辆接送，打算放置好行李便立即跟负责人见面。当地组织却非要我取消掉原本的安排，由他们的专车接机，再入住指定的酒店。我想，既然对方出于好意，我便听从安排。结果下飞机后，联系不上接机人员，对方一直传来微信，说马上到，我便在机场等着。

早上八点的飞机，十点半抵达，结果对方十二点才来到机场，还开着玩笑说，正好一起吃午饭。那时候我已一肚子火，但碍于要谈合作，便忍了下来。到了餐馆，说要等领导，从十二点半等到一点半，对方才施施然步入包厢，连抱歉都没说一句便落座。席间我想尽快把合作事宜谈好，便把准备好的资料拿出介绍，对方秘书却阻挠说，领导早上一直在忙，还没用餐，让我等下午会议时再详谈。我只好继续等。

午饭后跟随他们的车辆到了会议地点，又是一番等待，结果下午四点半才正式谈事，半小时把事情落实了。原本只是一个简单的合作，三言两语便可解决，结果硬是耽误了半天的时间，越想越气。原本当晚还有对方的晚宴接待，我已不想应酬，即订了当晚八点的机票，跟对方说一声有急事要走，不出席晚宴，直接奔往机场离开。这种事情遇到不止一次，总是有各种理由让人等待。

时间本身是虚无的，日、月、年、时、分、秒，都只是人与人之间互相约定然后遵守的一个概念。所谓守时，也只是遵守承诺而已。受先生影响，不敢说自己从不迟到，但次数极少，而且也只会因为交通原因而迟到。与人约会，尽量早到，不让别人等待，是出于一份尊重。反过来说，如果对方迟到，让我苦等，我也只会觉得对方轻视我。遇到此类人，我绝不会等。要别人等，就让他下辈子的娘，把他关在肚子里慢慢等吧。

座右铭

记得初中时，每周男女生要分别上一节"技艺课"，男生学木工，女生学家政。女生学的家政，其实就是厨艺和裁缝，偶尔做点曲奇饼、小蛋糕、巧克力，又打毛衣、缝布娃娃。我们的木工课则要从做小件摆设学起，再学做家具，到最后分成六个人一组，做一张木沙发，材料全部由学校提供。好的小件成品留在学校使用，手工一般的小件，发还给学生自行处理，大件则由老师再加工，然后捐赠给慈善机构，颇有意义。

第一次做的小玩意，是用木头做的一个桌面摆设，由我自由发挥，老师只会从旁指点技艺，不会干涉创作。我无甚创意，做了一个方形的底座，上面横放一个木头镂空的"8"字，就是无限的符号，上方再盖上一块圆木板，寓意天圆地方，人在其中，有无限可能。觉得单调，又在顶部和底座各刻四个大字，当作座右铭。这东西虽然手工一般，但在我家里摆了很长一段日子，后来因搬家而丢弃，现在想起，颇为不舍。

现在说起座右铭，觉得老土，不知道多少人还会在书桌上摆放，也许年轻一辈的，连见都没见过。工作时参观过很多成功人士的办公室，有些人桌面上还是会放着一个小件，刻着名言，有些会在座位后方挂放字画，代替座右铭。

最常见的一句是"天行健，君子以自强不息"，这句话出自《周易》，其实要自勉，只要后面四个字就足够了，可能是请名家写书法，以字数算笔润，多添几个字才显得财雄势大吧。挂放此类字句的老板，一般是年轻时候没太多机会接受教育，凭自身努力与机遇而飞跃龙门，只能选些现成的古语来装饰。

有红色背景的企业家，常挂的是"位卑不敢忘忧国"，其实现在国泰民安，需要他们去忧虑的事不多，如果有心，把买字画的笔润捐赠出去，比挂什么都强。

心灵鸡汤类的"岂能尽如人意，但求无愧我心""忍一时风平浪静，退一步海阔天空"等，一般放在正在奋斗的中层管理人员桌子上。此类句子不宜高挂，否则就是暗讽领导让自己工作未尽如意，需要忍让，迟早要穿小鞋。

有些来自西方的谚语，如"忘记昨天，直面今天，迎接明天""不能改变过去，但可挑战未来"，都是对未来充满期盼，类似的句子还不如用回老祖宗陶渊明的"悟已往之不谏，知来者之可追"，韵味更深长。

也有直接用英语放在桌上的，前几年最流行的，当然是乔布斯的那句"Stay hungry，stay foolish"（求知若饥，虚心若愚），这句话由他说出，格调自然高，被一个肚满肠肥的暴发户放在桌上，只会觉得对方是头贪吃又愚蠢的肥猪。

座右铭，一般放在工作桌的右边，做事时偶尔看一眼，提醒自己。每个人的价值观不同，看到别人的有趣的句子，可以记在心中，但不必照抄，最好还是自撰。最实用的是"勤能补拙"这四个字，时刻提醒自己愚蠢，才可免于自傲。

至于我当年刻在小摆设上的八个字，则是"敢而当之，凡事可为"。现在木雕虽已遗失，但这句话一直记在心中，只要勇敢面对结果，任何事都可以放手一试。

玩电话

这两天香港最轰动的新闻，是年轻名媛被前夫及其家人残杀并肢解，警方并没有透漏太多细节，但从新闻的内容来看，已觉毛骨悚然。此类凶杀案经常被改编成电影，并将杀人的画面添油加醋，满足观众的猎奇心态。我对此类新闻和电影兴趣不大，看了只会难受，何必为难自己？还是看些妙人趣事比较轻松。

近年每天手机都会收到几个骚扰电话，已尽量拒接，但有时忙起来，没看清号码便接听，对面传来熟悉的"广告腔"便马上挂线。记得先生说过，倪匡先生最喜欢与这些推销人员胡扯，把对方调戏一番才挂线，想起也觉有趣。昨天看科技新闻，原来华为手机的语音助手可以代接电话，并自动与对方交谈，如有广告电话打来，可尝试让语音助手与他对话。人工智能还未成熟，但问起问题来巨细无遗，把对方推销的产品问个底朝天，耐性十足，能把推销人员气得哭笑不得，也算对这些骚扰电话的一种报复。

我小时候也经常用电话来做各种恶作剧。最无聊的是，早上六七点起来上学时随便打个电话，把别人吵醒，对方接听后立即挂线，隔几分钟再拨打过去，重复两三遍，对方气得把话机挂起来。这种恶作剧没有技术含量，只是纯粹的骚扰，玩了一两次便觉没趣。

长大一点了，便开始骚扰麦当劳。那个年代还没有智能手机，点外卖都是用电话下单的，无聊时与同学们在家里罗列一大堆麦当劳的产品，打电话去点，以最快的语速念出。对方来不及记，要求重复，我们便把顺序打乱再读，对方还是记不住，又重复，这次把数量搞乱，十几分钟下来，接听生还是没记全，最后我们便说不点了，随即挂线。当年并无来电显示，对方无法追寻，只能自认倒霉。

到了初中，香港刚开始出现手提电话，但不算普及，大约只有三分之一的学生拥有，我们家里条件算不差，父亲也给我买了一个。那时候的手机只有打电话和发信息的功能，并没什么好玩，好玩的是"电话会议"这个功能。

"电话会议"这个功能很多人都没听说过，就是先打电话给任何一人，对方接通后再按下"会议"键，就可拨打给另外一人，另外一人也接通之后，再按一下"会议"键，便可三方共同通话。这样说来，没什么特别，到底有什么好玩的呢？好玩的可多了。

曾经先打电话给学校的训导主任，骂一句"×你老母"，便马上接通我们班的男班长，把双方接通后，我便默不作声。训导主任无缘无故被骂了一句，一直问对方是谁，男班长刚接通电话，便听到训导主任的质问，他一头雾水，只叫了一声老师好，主任认出了他的声音，便问他为何打电话来骂人。班长说，我接到电话你就开始质问，我正在写作业呢。训导主任说刚才你打电话来便骂脏话，班长没有骂过，拒不承认，结果两人辩论了一分钟多，我便捏着嗓子，又骂一句"×你老母"，这时他们才意识到是被戏弄了，便一起问"是谁"，我当然匆匆挂线，笑得前仰后翻。

有一次我在香港一家知名的餐厅受到不礼貌对待，深深不忿，对方老板是个粗鲁的中年妇女，餐厅出品是不差，但待客傲慢，那时气不过来，便打算作弄一番。先打电话给这位老板娘，用英语跟她说要预约，没想到她英语还算不差，能沟通几句。等她开始相信了，我便让她稍等，又用"电话会议"拨打给一家知名西餐厅的经理，也用英语说我要预约，便立即把双方连接起来，结果老板娘一直问："Reservation? Reservation?（还预约吗？还预约吗？）"对方的外籍经理则说："Yes, Please.（当然，请说。）"两人都以为对方要预约，彼此问来问去，老板娘的英语又是半咸不淡的，那番对话现在回想还会忍不住笑。可惜当年的手机没有录音功能，否则录下来放到网上，应该也会受欢迎。

　　香港人把这种恶作剧称作"玩电话"。"玩电话"在我的成长阶段里占了非常重要的部分，除了上述这些，我也经常打电话骗好友，装成老师叫他们回学校补课，假扮成黑老大说他们偷瞄了我的女朋友等，有时成功，也有时候被识破，无论如何，过程都是有趣的。如今想起，又想拿起手机，拨打给当年的同学，与他们戏耍一番，只是不知十几年没拨打过的号码，是否还能接通。

又回家

三年多没回香港，连孩子出生时我爸妈都无法在旁，对他们来说颇为遗憾。两周前刚回来一次，今天又和太太带着两个女儿回来，这次没住酒店，回到元朗家里住。

通关之后，已有两次经验，来回更快捷，从东莞的家直接乘七人车回港，一小时二十分钟便到元朗的家，非常快捷，比去清远还方便。

这次回来主要是办理各种证件，另外还打算给大女儿找幼儿园。她马上到三岁，今年九月便要上学。本来打算在东莞读，但现在内地的幼儿园价格甚高，虽非负担不起，但实在觉得不值。也许是因为自己曾从事教育行业，对老师的要求较高，反正去看过的幼儿园都不甚满意，便起了带孩子回香港读书的念头。

我到家后，妈妈和Lily已准备好午饭，Lily做的炸鸡翅已有开店的水平，到过我家吃饭的朋友无不赞好，妈妈又买了三只大花蟹，清蒸来吃，鲜甜得很。这顿饭吃得高兴，妈妈又开了瓶红酒来一起喝，吃完了饭，太太带着孩子午睡，我便开始看赛马。

今天略有收获，便一家人到元朗市中心吃晚饭。太太喜欢吃大排档，她对大餐厅无甚好感，在路边吃反而轻松自在。香港的大排档已越来越少，幸好元朗这些乡下地方还保留了不少。今晚吃的"辉记"，在元朗大棠路附近，晚上坐在户外吃，有点凉意，微风轻拂，吃着热腾腾的菜，倒也舒适。

这家店我们都是第一次去，六点半到达时已坐满了人，远远已闻到炒菜的香气。我们五大两小，点了凉瓜焖白鳝、炸鲮鱼球、炸大肠拼九肚鱼、腐乳炒通菜、香辣鸡煲、沙拉骨、西兰花炒鱿鱼和节瓜虾米粉丝煲，主食则点了咸鱼鸡粒炒饭。这些小炒都很平常，不值得一一罗列，但这家店做的每一道都精彩，是近年我在香港吃过最价廉物美的一顿饭了，值得记录下来与大家分享，有机会到元朗的朋友，值得去试试。

饭后一家人闲逛了一阵子，又到"UNY生活仓库"买食材，这家超市的档次比不上city'super，但也有不少精品，尤其奶酪种类甚多。在内地虽说有淘宝，但芝士的品种至今还是不多，回到香港，看到诸多款式的奶制品，眼花缭乱，便买了四款，打算这几天晚上用来下酒，也买了两百克西班牙火腿，和奶酪一起夹在面包里吃，是很豪华的夜宵。

逛完回家，便陆续洗澡，然后准备带孩子睡觉。我们家有一百三十平方，在香港来说，已算很大，但比起东莞的房子，房间还是小了一点，而且每个房间的床都只有一米二宽，睡不下我们夫妻和两个孩子，只好分房睡。两个妹妹出嫁后，我们的三间房间都空着，父母知道我们打算经常回来，便计划把三间房间改建成两间，方便我们居住。这次回来，我也顺便把装修方案谈好，下次回来便入住新家了，十分期待。

我是一个适应能力颇强的人，在不同城市生活，都能找到合适自己的生活方式，但这个城市，毕竟生活了近三十年，感情还是深厚的，而且双亲渐老，如今来回方便，以后，还是常回家看看。

药

这两天广东乍暖还寒，白天阳光明媚时，热得要穿短袖，早晚则寒风习习，一不小心就容易着凉。我前几天都没睡好，昨晚开始连续打喷嚏及流鼻水，甚难受，睡前赶紧吞下两颗幸福伤风素，今天早上已大为好转，但还是有点头昏脑涨。

太太昨晚带着大女儿睡，孩子睡觉不老实，老是翻来覆去，每个小时要转一次方位，我们戏称她为"时针宝宝"。香港的床小，太太老是担心她会掉下，便也没睡好，早上起来，开始感冒，又要找幸福伤风素来吃。

先生之前写过，每家人都有自己习惯的家庭用药。我们家常备的自然是幸福伤风素，少了它，便缺乏安全感，家里常备数盒，如非病毒感染，一般吃一两次便能痊愈。

常用的还有曼秀雷敦薄荷膏，无论皮肤干燥瘙痒或鼻子堵塞，都会用得上，咳嗽时涂抹在胸口气管位置，也可舒缓，非常实用。

孩子出生后，我们用娥罗纳英H软膏给她们涂抹脸部，这款药历史悠久，我小时候奶奶也经常给我涂，说是宝贝药，涂了可防皮肤干裂，淡淡的香气闻起来非常舒服，比任何润肤乳都有效。

到了夏天，难免会被蚊叮虫咬，想尽办法都无法避免。上次小女儿回港，便被咬得满脸红肿，试过无数种药，最有效的还是无比膏，一涂马上止痒。以前都是白色膏状的，虽然止痒，但涂上后黏糊糊的，还是有点不适；近年出了液体状的，涂抹患处，一下便干，很好用。

腹泻常用的除了正露丸，还有泰国的行军散。凡是止泻的药，味道都极难闻，爷爷年轻时当水手，每逢水土不服便用行军散泡水喝，药到病除，后来也影响到我。虽然味道古怪，但久没喝到，又会偶尔想起那股味道。

有时候吃了煎炸食物，喉咙干痒，便会吃一包龙角散。这种日本药物的主要成分是薄荷，吃起来清清凉凉，有蜜桃、芒果等味道，看起来像糖果，味道也不错，孩子也能接受，当然，药效并不强烈，但舒缓咳嗽和喉咙痛，还是可以的。

近年腰痛频发，试过了中西医，都无法根治，疼起来便贴各种止痛贴，香港虎标的效果最好，而且贴久了皮肤也不会发痒。

但所谓的效果最好也只是没那么痛而已，最有效的，还是吃止痛药。

想起倪匡先生的名言："心理上的痛，都是自己想出来的，不想就不疼了。肉体上的痛，还是狂吞必理痛吧。"年轻时恢复能力强，踢球受伤后，咬牙忍几天就过去了，如今稍微扭伤，都要一个月才能康复。

昨天回家，收拾旧物，翻看无数旧照，无数往事涌上心头，想起每天洗完澡奶奶给我涂娥罗纳英、拉肚子时爷爷喂我喝行军散，家里用的药，都是一代传一代的习惯，各家都有自己的习惯，而这些用药的习惯，总会在记忆中留下味道。各种药物的气味，大概是每个人心里的一段独特回忆吧。

老古董

周二与先生见面，聊起串流电视，先生推荐了奈飞和Prime Video，我回家后马上登记付费，加上爱奇艺和优酷等，可以观赏的电视节目多如牛毛，数之不尽。

如今传统电视台已越来越少人看，毕竟定时定点追看电视节目已不符合现代人的生活习惯，大概现在全球最多人定时收看的电视节目，便是中央台的《新闻联播》了，尤其是五十岁以上的，有一部分还不会用智能手机，接收资讯最有效的途径，还是通过电视里的新闻报道。

我如今看新闻，主要用今日头条，世界各地的新闻都可以看到，当然经过筛选，这是无法避免的，既然生活在这里，只有接受。从前每天读报，在东莞定居后，已没有想看的报纸了，除了以往的《南方都市报》能做到娱乐与资讯并重，其他的都严肃死板，用词生硬，比读《东周列国志》还吃力，而且路上的报刊亭也越来越少。

最近回香港的日子多了，也就重新读报。当今的报纸选择也比十年前少了很多，一来大家都习惯了用智能手机看新闻，二来电视上多出了几个二十四小时不停播放的新闻频道，对报纸的需求就越来越少，而"马经"的数量却未见减少，还多了几份新的，可见香港人情愿花钱去买赛马资料，也不愿意支持新闻报章。

我最近看的，多是《星岛日报》，其实质量只是一般，尤其是副刊版，找不到一个吸引人的专栏让读者长期追阅。买这份报纸，主要是以往常看的那份已经倒闭，也是因为《星岛日报》的马经版做得好，资料充足，而且有几位分析得精准的马评人。同样是十块钱，我觉得买份报纸比单买一份马经值得，起码一家大小去喝早茶时，各自可以分到一些不同的版面来阅读。

人的生活习惯总是随着科技进步而改变。有些美好的事物会被时代淘汰，就如报纸，小时候在车上、酒楼、路边，都看到男女老幼拿着报纸阅读，报纸独特的纸味和油墨味，随处都可闻到，谈不上香，但让人难忘。如今每个人低头看的都是手机，回忆里的味道已逐渐遗忘。

用手机读报，当然有好处，在小小一台机器里，就可接收到天下所有新闻，环保又方便，但我还是很想念报纸的味道和质感，拿在手上翻阅发出的沙沙声，也清脆悦耳。俱往矣，人到中年，就开始喜欢缅怀旧事物。小时候常听长辈说旧事，总是嗤之以鼻，觉得他们跟不上时代变迁，到如今，自己也开始写文章忆往昔，年轻的朋友看到，大概也会嫌弃我是个老古董吧。

祭祖记

这次回港，其中一件重要的事，就是拜祭祖父祖母和外公外婆。算起来我已有四年没有回来拜祭，今天约好了妹妹她们两对夫妻，一起到柴湾灵灰阁拜祭。

我们家住元朗，妈妈几天前已在屯门有名的"季季红"订了两只烤乳猪、一只白切鸡，早上先开车到屯门取了，便直奔柴湾去。距离有六七十公里，比从东莞回元朗家还远，但一路畅通，车程也不算太久，大约五十分钟就到了灵灰阁所在的歌连臣山的山脚。

香港人还是很注重拜祭的，车龙一直排到山脚下，山路狭窄，从山脚到山腰不到两公里的距离，幸好有交通警察一直指挥，大家也遵守规则，没有加塞，堵了差不多半个小时便顺利停好车。

先到祖父母的灵位拜祭，把祭品铺在地上，然后带着太太和女儿轮流上香，拜祭三巡，便把准备好的金银衣纸焚化。大女儿对一切都感到好奇，抢着要装香和烧衣，又把祭品里的苹果拿出来咬。我平时对她宠爱，但在祭祖这种大事上由不得她任性，便狠狠骂了她几句，她也似乎知道自己做错了，便不作声，躲在一旁。

拜祭完祖父母，便又开车下山，到山腰的另一栋楼拜祭外公外婆。这栋楼是一座圆锥形的塔，共九层高，没有电梯，外公外婆的牌位在九楼，我们一家老小拿着祭品，一层一层往上爬。

我拿着烤乳猪和水果，太太和母亲带着两个女儿，父亲拿着纸扎，一起爬楼梯，本来还担心太太要抱着大女儿爬楼梯吃力，结果女儿自己一步一步地慢慢走，从塔底爬到塔尖。不到三岁的她爬得气喘吁吁，满脸通红，途中也摔倒了两三次，但也不要我们抱，一直坚持爬到顶。从出生以来，她都没走过那么多的路，大概，她真的长大了。

到了塔尖，我们缓了口气，便开始拜祭外公外婆。同样的流程再走一遍，拜祭后，我们便在牌位前把乳猪剪开来吃。不知道别的地方有否同样的习俗，潮汕人习惯在先人坟前吃祭品，意思是晚辈不忘先辈，一起用餐。

"季季红"的"有米猪"是名菜，在乳猪的腔膛内填满了炒饭再拿去烤，乳猪当然皮脆肉嫩，里面的米饭更是芳香扑鼻。一家人把乳猪吃得干干净净，又把祭品里的水果分着吃了，才施施然地爬下塔。这顿午饭，一家人齐聚，又是第一次带着孩子去看望祖辈，没有餐具，大家用手分食，吃得满脸油光，大打饱嗝。虽然只有一道菜，但这一顿的味道，我一辈子都会记得。

本来父亲还想带我们去酒楼饮茶，但我们都没有胃口再吃了，便一起回到元朗家里打麻将。两个女儿平时都要午睡，但今天难得见到两个姑姑，便撒娇不肯睡觉，我们也就让她们放肆一天。如今一家都在客厅搓着麻将，欢声笑语，估计晚上会一起喝酒，我趁着空当，赶紧把今天的美好记录下来。

庆幸有各位读者鼓励，让我坚持每天写作的习惯。如果没有把今天记录下来，也许这段美好的回忆有一天就会被淹没了。

浅谈崔岷植

　　自从下载了几个外国视频App，近日睡前都忙于挑选节目，但往往挑来挑去，还没找到想追看的，便睡着了。昨晚又在挑选，终于在"Disney+"里挑到一部想追看的韩剧*Big Bet*，中文译名为《赌命为王》，为的是看男主角崔岷植。

　　我对韩国的演员并不熟悉，但有几位是印象特别深刻的。大块头的马东锡外形凶悍，但长了一张讨喜的脸，经常演铁汉柔情的角色，见过一次便会记得他的脸，虽然演来演去都是类似的角色，但起码都能让观众记得。

　　另一位印象深刻的便是崔岷植。我人生中第一次进戏院看的三级片便是他主演的《原罪犯》，内地译名为《老男孩》，于2003年上映，那年我刚好十八岁，能够名正言顺地进场。那部电影的剧本固然让人印象深刻，但崔岷植在戏中一段一镜到底的打斗戏，也令人难忘，剧中人物情绪大起大落，略带疯癫，并不容易演绎。当年他凭此角色，包揽了韩国所有电影颁奖礼的最佳男主角奖。后来好莱坞也翻拍了这部电影，由《复仇者联盟》中饰演"灭霸"的乔什·布洛林演同一个角色，高下便立即比较出来，崔岷植的演绎明显高出不少。

中国观众熟悉的，应该是他在《看见恶魔》里的变态杀人犯角色，演得入木三分，让观众不寒而栗。后来的《与犯罪的战争》又让他获得多个奖项。他饰演的角色多是反派，但让人恨不起来，即使在《看见恶魔》里饰演罪大恶极的杀人魔，到最后竟然还有观众会同情他。

2014年上映的韩国历史片《鸣梁海战》中，崔岷植饰演韩国的民族英雄李舜臣，更奠定了他在韩国影坛的地位。此类民族英雄，一般导演都不敢胡乱选角，否则容易引起争议，尤其是在韩国这个民族性极强的国家，一旦选角失误，导演随时会身败名裂。由一个演惯了坏人的演员担纲这种主旋律影片，除了显示出韩国人对演员的包容度，也反映出崔岷植在韩国崇高的地位。

这部《赌命为王》，目前我只看了一集，崔岷植出场了不到十分钟，大部分时间都是倒叙他的童年，但已吸引我继续追看。影片一开始，崔岷植饰演的黑帮老大就在菲律宾被捕，接着便是回忆他的童年往事。精彩的不只是剧情，主要是他回忆的片段里，二十世纪七十年代韩国人的生活细节被拍得甚为仔细。我们生于八十年代，对六七十年代的历史所知甚少，如今有机会透过电视剧了解当时的生活细节，虽说是韩国的，但也可让人大开眼界，实在值得观赏。

韩国这个国家，虽发达却腐败，既发奋又自卑，甚为复杂。我谈不上喜欢这个国家，但也不至于讨厌。很多眼光狭隘的人，会因为你吃韩食、追韩剧、用韩货，便上纲上线地批评你不爱国；我才不管那么多，在大是大非前，家国情怀和民族大义当然寸步不让，但是在生活小节上，欣赏一下别人的优点才能提升自己的眼界。

自寻快乐

最近自觉脾气火暴、心情郁结，对诸多事情都抱有怨气，变化颇大。连自己都感觉得到，身边人肯定体会更深。翻看近日的文章，诸多怨怼之言，都不似我往昔风格。也许是今年春节以来，到处奔跑，未有停歇，而且年纪渐大，体力不济，睡眠又越来越差，身体出现诸多小毛病，而导致情绪低落。

总不能让自己一直犹豫烦躁，要想办法解决这个问题。最先想到的是玩电子游戏。之前玩了七八年时间的《王者荣耀》，已于去年十月前后放弃，主要是因为要带两个女儿，而这个游戏只要一开始玩，最少半小时才能停下来，孩子总有各种突发情况，如果只顾着玩游戏而忽略了她们，随时会让人追悔一生，所以忍痛放弃了。

家里有PS5和SWITCH，PS5必须连接电视才能玩，如今两个女儿每天都会看动画片，电视还是留给她们用，还是玩SWITCH方便。SWITCH上好玩的游戏甚多，游戏迷耳熟能详的肯定是《塞尔达传说：旷野之息》。这款游戏于2017年与SWITCH同步发售，当年便拿下所有能拿的游戏奖项。玩家可以操控主角林克，在浩瀚的海拉鲁大陆自由自在地冒险、探索，游戏中的风光如画，各种自然效果做得逼真，而主角与游戏中人物的交流也充满了人情味。

游戏的目的是操控林克击败大魔王盖侬，救出被封印的海拉鲁公主塞尔达。本来玩游戏就是为了完成任务，通关，但由于这个游戏实在太有趣，而且里面可以探索的地方太多，导致很多玩家都情愿放弃拯救公主，只在海拉鲁大陆闲晃，也算游戏界里前所未有的一桩奇事。

这款游戏推出至今已有六年，现在还有游戏玩家每天在网络上直播，而且观众不少，可见经典的游戏历久不衰。这款游戏还出了续集《塞尔达传说：王国之泪》，估计又会掀起一股热潮。

我在2018年也玩了这个游戏，但始终没有通关。随着孩子出生，游戏机早已被藏在抽屉的最深处。近日心情烦躁，便想把游戏拿出来重温，享受男人最简单的快乐。

儿子也甚喜欢玩游戏，当初他沉迷玩手机，我便给他买了一台SWITCH，给他取代手机游戏，原因是《塞尔达传说：旷野之息》里面能够学懂诸多物理知识，也有一个温情的故事，最重要的是里面人与人的关系充满了人情味。比如说，在乡村里碰到小男孩，小男孩会请你帮忙，为他找寻丢失的玩具，当你帮他找回玩具，才知道原来他是为了保护小动物，用手上的木制玩具来抵挡野狗。类似的小故事可以在海拉鲁大陆里的各地遇到，只要用心投入游戏里面，便会发现原来世界可以很美好。儿子很快就把游戏玩通关了，其后又一遍一遍地重玩，乐此不疲。

今天把游戏机翻出来充电，晚上等妻儿睡着了，便喝点酒，躺在床上玩游戏，只求玩着玩着便睡去，一夜好眠。女人有生理期导致情绪波动，我一直相信男人也有，只是不会流血而已。心情不好了，继续自怨自艾毫无作用，自寻快乐，尽快跳出困境，才是乐观积极的态度。朋友们，买一台游戏机玩玩，花不了多少钱，但带给你的快乐可以无穷无尽，何不一试？

减肥计划

最近经常出门，每天走路步数都超过一万步，吃的东西也不多，不知为何体重一直飙升。在小女儿出生前，我的体重是156斤，是我几十年来最胖的时候。那是因为疫情，我一直困在家里陪着太太养胎，吃得丰盛，又没有运动，所以一直发胖。

小女儿出生后，我跟着华为手机里的《华为健康》软件来减肥，每天节食及运动，从去年四月初开始，一个月里从156斤减到142斤，总共减了14斤，功效显著。这期间每天三餐照常，但吃东西控制碳水化合物摄入，加上每天锻炼40分钟，一个月内从未停歇，一下子就减下去。如今隔了差不多一年，体重又反弹回去了，去年减肥后买的衣服，已经开始穿不下，计划今天开始减肥。

要减多少呢？其实控制饮食对我来说不是难事，学做健康菜谱上的菜，对我来说也是一种乐趣，主要是锻炼比较吃力。那时是每天做两节20分钟的运动，锻炼的课程分成：上肢、下肢、腹部、有氧及瑜伽，《华为健康》会在一个月内平均分配每天的课程，让身体可以均衡地运动。今年腰部一直疼痛，估计有些动作是做不了了，或会影响锻炼成果。这次的目标是在两个月内减重10斤。

先从饮食开始。在减重期间，我的早餐最丰盛，一般是一碗汤面，搭配几棵青菜，一个鸡蛋和一点肉，另外加一杯牛奶或酸奶。午餐只吃一根青瓜和一个鸡蛋。由于睡得比较晚，晚餐不能太少，否则半夜饿得受不了，很容易便会忍不住消夜。晚饭我会吃一条清蒸鱼加点白灼青菜，或是一块不带脂肪的烤牛扒。朋友曾看我减肥成功，问我要方法，我如实相告，最常听到的问题是："这样够饱吗？"

听到这种问题，我总忍不住翻白眼。肯定不够饱啊！减肥如果不用挨饿、不用流汗，天下还有胖子吗？问这种问题，就像问怎样一夜暴富一样让人讨厌。

我算是一个颇能吃苦的人，只是一直以来没有减肥的动机。此前父亲突发肝衰竭，我打算捐赠肝脏给他，去做检查时，才发现有脂肪肝的毛病，为了不让家人照顾，我便决定要减肥。如今体重及体脂又反弹了，只好再来一次。

对于自己的外观，我一向要求不高，给人的印象是不修边幅，穿着也以轻便为主，从不刻意打扮。太太偶尔带着嫌弃的目光看我，让我捯饬一下自己，我也只是哈哈带过。其实人到中年了，头已半秃，再怎么打扮也回不到翩翩少年郎的形象，但体重减下来了，带孩子的确轻松一点。

减肥不需择日，只要下定决心，就从当下开始。就像写这篇文章一样，我决定了，便会坚持，不给自己找理由、找借口。今早称重，是152斤，目标是减到142斤。难吗？肯定不容易。当成是游戏，心态就轻松了。世上万事皆如此，赚钱、写作、减肥，皆游戏，享受过程，便无难事。

浅谈蚊子

近日天气开始回暖，再也不用穿厚衣服，前两天晚上有点微凉，盖一张薄被子睡觉，温度刚好，睡得沉稳，但昨晚开始，连半夜也觉得热，便打开了冷气。天气转热，穿衣服轻便，正合我意，但也有讨厌的，就是蚊子。

文人苦蚊子久矣，历来记载蚊子为祸的文章甚多，先生也写过多篇与蚊子斗智斗勇的文章。其中印象最深的，是先生带队在东南亚的丛林拍摄电影，一群黑压压如同神风敢死队的蚊子，视死如归地扑向拍摄队伍的场面，看着触目惊心。我庆幸自己未曾遇到此等情景，否则肯定留下心理阴影。

只要我在，蚊子咬的第一个目标肯定是我，已久经验证，研究说是跟血型有关，也跟身体肥胖有关。我觉得关系都不大，我与父亲血型一样，小时候他带我学习骑马，户外蚊子甚多，亲眼看着十几只蚊子全都降落在我身上，父亲身上一只都没有。跟肥胖关系也不大，以前与朋友们在香港石澳海滩烧烤，那时我十来岁，平日每天踢球，身上没半点多余脂肪，我旁边坐着两个大胖子，蚊子同样只青睐我，所以我对这些研究结果不大信任。

后来又听说喝了酒蚊子就不敢咬，这也是骗人的。昨晚和太太小酌，她喝了一大杯清酒，我则调了一杯威士忌和伏特加的蜜桃鸡尾酒，酒精度颇高，但边喝蚊子边咬，根本毫无作用。虽然被蚊子叮是天下最难受的感觉之一，但反过来想，如果蚊子只咬我，不侵扰家人，也算一件好事。

前段时间在香港家里小住，因为房间狭小，我和太太分别带着两个女儿分开睡，太太带着小女儿，翌日小女儿满脸是包，看得心疼，反而大女儿跟我睡，则不受侵扰，我倒是手脚都被叮咬。因此我们决定要把香港房子装修，让两个孩子都可以和我们一起睡，这样就不用担心其中一个被咬了，为了家人，让蚊子多吸点血也心甘情愿。

其实蚊子这么可恶，为什么不想办法让它们绝种呢？科学家说把蚊子灭绝，会导致食物链断了一环，也会导致其他生物因此消失，一环扣一环，像蝴蝶效应一样，带来不可预测的结果。我不是科学家，但我知道在家里还是可以想办法尽量把蚊子赶走。

自古以来点蚊香就是最常用的办法，但我一直以来对蚊香的味道甚反感，刺鼻呛眼，而且效用不大。小时候在澄海义父母家里住，点了蚊香还是照样漫天蚊虫，从此不相信。之后就是蚊帐，防蚊的确有用，但如果有一只"漏网之鱼"飞了进去，则整晚与之做困兽之斗，也让人烦厌。

近年流行的电子蚊香，我用过六七个牌子的，效果都不差，但真正无色无味又能驱蚊的，是Babycare（白贝壳）的液体电子蚊香，只需直接插在插板上便可使用，非常有效，但瓶子里的驱蚊液用完便要换新的，大约一周要换一次。家里本来常备，但昨晚天气突然转热，一下子没找出来，今晚将驱蚊液装上，应该就可安睡。如果被蚊子咬到了，各种药之中，无比膏最好用，涂上后，几秒即可止痒。

这些经验都是用自己的血换来的，大家不妨试试。

依蕴生日

今天是小女儿依蕴的农历生日，她满一周岁了，按照传统，今天要给她抓周。所谓抓周，就是在地上铺满一大堆物件，让孩子自行挑选，孩子抓在手上的第一件物品便预示了她的未来。

大女儿洢豊抓周时，左手抓了一个蹴鞠，右手拿了一个官印。当时有疫情，父母都不在东莞，我把视频录下，传给他们看，父亲说大女儿未来是邓亚萍，执掌体育部门。我虽然也测字占卜，但对抓周不太相信，也不愿意相信，但愿生儿愚且鲁，只要孩子健健康康，就已知足。最看不惯的是一些父母，总喜欢将自己的愿望强加在孩子身上，说是为了孩子的未来，其实只是为了满足自己的控制欲。

前两天依蕴开始长上颚的两颗门牙，因此发高烧，精神不振。我和太太有了照顾洢豊的经验，不大担心，只是一直陪着她，喂她喝药，没有带她去看医生。今天起床，她依然有点发烧，但精神已好了很多，一早就在咿咿呀呀地拉着我们说话，仿佛她也知道自己生日，迫不及待想要庆祝。

其实孩子对日期、时间都没有概念，所谓的庆祝都是父母安排的，为的是多拍些照片，留下纪念。以往对此类庆祝都不感兴趣，但这几年因为有了孩子，特别重视，这也算心态上的改变。从大女儿出生开始，我和太太每天都会为她们拍照片、录视频，一来传给香港的父母看，二来也是珍惜她们每一个成长的瞬间。

以前也没想过自己会这么爱孩子，现在只要有空，都希望尽量陪在她们身边，寸步不离，不想错过她们任何一个变化。孩子从出生到学翻身、学爬、学坐、学走路、长出牙齿、牙牙学语，每一个阶段都是一个里程碑，我都会在笔记本上把日期记录下来，将这些珍贵的回忆留给她们日后重温。

东莞有位好友，孩子在四年前出生，没多久，他便因参与电信诈骗被逮捕，坐了三年牢。他出狱时孩子已三岁多。与他聊天，他说在牢里再苦也无所谓，最难受的就是错过了孩子成长的过程。的确，孩子每天都在变化，只有在自己身边，才能最真切地感受到看着他们成长的喜悦。换作我，别说三年，即使离开孩子三天，我都觉得煎熬，不敢想象他那三年是怎样熬过来的。

人生有很多选择，有人享受丁克的自由，也有人喜欢儿女满堂的欢乐，没有对错，只是个人喜好而已，天下最大的烦恼就是希望两者兼得，这是不可能做到的事。先生早就教导我们："择一，不后悔。"我选择了要孩子，自然少了很多自由时光，但我更珍惜一家人的欢声笑语。我胸无大志，只求一家人平安快乐，如今努力做每一件事，也只为了给孩子当个榜样。

作为父亲，我尽力将最好的物质条件给孩子，也把时间、心思花在他们身上。朋友们说我付出很多，却不知道我收获的快乐更多。依蕴出生时曾因呛到羊水而被关在深切治疗部三天，庆幸安然度过，健康成长。如今她一岁，洢豊也马上三岁，哥哥今年已十五岁了。我愿用我一生护他们周全。女儿，生日快乐。

死不悔改

爱读小说的中国人，不可能不读金庸先生的十四部经典。这十四部小说，历来有诸多排序，每位读者有自己的爱好，但看影视剧翻拍次数，大概可以看到坊间最受欢迎的，还是《射雕英雄传》和《神雕侠侣》这两部。郭靖木讷、黄蓉灵动，杨过跳脱、小龙女静谧，这两对情侣，性格差距大，戏剧效果强烈，也容易捧红明星，所以大家都愿意翻拍这两部作品。但这两部作品，皆非我心头好。

我最喜欢阅读的是《天龙八部》，同样是忠义正直的男主角，萧峰的个性明显比郭靖有趣，也真实得多。郭靖是个完人，从《射雕英雄传》里初出茅庐到《神雕侠侣》里给杨过讲解"侠之大者"，找不出他的一丝缺点，与这样的人相处，压力甚大。而萧峰个性虽孤傲，但也能容得下身边人的小瑕疵，他自己也曾错手杀死阿朱，悔恨终身。

即使小说里再完美的人，也难免有过错与后悔。何况凡人？如果有机会改变，是否愿意重来？

我有个习惯，每天睡前都会回想当天发生的事，反思一下当天有什么事做得不好，小至做菜时多放了油盐，大至无端生气，对家人发火；或是与太太聊天时出言不逊，或是赛马下注时不慎等，都会检讨，期盼自己日后不再犯相同的错。说起来容易，但改起来甚难，只能尽力去控制。

近年已少做让自己后悔的事，毕竟人到中年，办事已不如以往鲁莽，逐渐变得谨言慎行，反而没了以往的傲气。是进步还是退步呢？已说不清，但吃亏的确比以往少了。

昨晚睡前想起一件往事。当年总自恃成绩优秀，在校内行事不端。香港的中学少有寄宿，都是下午三四点放学，便各自回家。我初中时代在炮台山的金文泰中学就读，这家学校是公立学校，老师都是半个公务员，教学时按本照宣，没花多少心思去教导学生，却总是花时间去争取机会升职，我对这些老师毫无好感。

印象最深的是初三语文课，语文老师姓郭，把"黔驴技穷"的"黔"字，念成"今天"的"今"。我马上质问他为何念错，大抵是他丢了面子，便恼羞成怒，还坚持说念"今"没错。我心想这种老师错了还不承认，当真误人子弟，气不打一处来，便随手拿起喝了半盒的维他柠檬茶，砸到他身上，结果因此被勒令退学。后来父母为此登门，向老师鞠躬道歉，我还挺着腰板，誓不低头，结果被转学到了私立的培侨中学，实在愧对父母。

昨晚忽然脑海里冒出这件往事，大概是因为儿子近来在学校表现也不好，我们老是为了他的事到学校道歉，这大概就是"现世报"。

当年被退学，学校里最疼爱我的历史老师施美芳女士对我最是不舍。她说我平时恃才傲物，放浪形骸，视校规如摆设，但遇到大是大非从不退让，自然惹老师反感。临走前，她劝我以后要循规蹈矩，凡事忍让，以免吃亏。我至今对她的教诲依旧感激，毕竟在校内，只有她是唯一一个为我说好话的老师。

二十多年过去，我的性格可能变得圆滑了些，世故了点，但如果再回到当初那一幕发生时，我大概还是会做同样的事，还是会拒不道歉，个性如此，无法改变。其实类似的小事，像因为别人插队而打人，因驾驶时后车长亮远光灯而停车骂人等，发生过无数，我每次事后都问自己，后悔吗，每次的答案，其实一样，不后悔。

这也许是我性格上的缺陷，但这一点，我真的不想改。即使每个人都说我错了，我还是不后悔。

澳门杂记（一）

久未到澳门，今天终于带着家人再访。

从东莞出发，乘七人车到新开的横琴口岸，不堵车的话，一小时四十分钟便到。新口岸干净明亮，且人流比拱北口岸少得多，并采用一地两检模式，在同一个关卡中，有内地澳门两地海关人员，一分钟便办好两道过关手续，非常便捷。

过关后有各大酒店的穿梭巴士，俗称"发财车"，可免费乘坐，方便旅客。我们一家大小，行李甚多，加上一台庞大的婴儿车，不方便坐旅游巴士，便又雇了一辆七人车来接。本来可以从东莞直接坐七人车到澳门的酒店，但因为最近游客太多，司机说反正要在关口拿着行李下车过关，还不如分开雇两台车，费用还便宜一点，便听从安排。

这次住的是澳门半岛的美高梅金殿酒店。澳门是世界上五星级酒店最密集的城市，我住过的有永利酒店、威尼斯人度假村、银河度假村里的大仓及悦榕庄，但没住过美高梅的酒店。

美高梅在澳门除了这家美高梅金殿，还有前几年在冰仔开业的美高梅金狮酒店。这次来主要想带孩子看看澳门特色，便选择烟火气较浓的老店，离大三巴、议事亭前地等景点都近，去祥记吃面也方便。

我们十一点多从家里出发，抵达酒店已是下午两点，先办好入住手续，接待员说房间还没准备好，便在酒店里的"食八方"随便吃了顿午饭。说是随便吃，但价钱一点也不便宜。没有酒店娱乐场的会员，四大两小，吃点一般茶餐厅的餐食，竟然要一千块。当然，酒店富丽堂皇，做的是赌客生意，贵一点也可以理解，只是付钱时有点不甘心而已。

饭后，房间也差不多准备好了，便带着孩子回房间午睡，看到窗外的澳门塔，又望见一片大海，女儿非常喜欢。只要看到她们快乐，便觉得花多少钱都值得。

也许是今天舟车劳顿，两个孩子一下子睡着了。太太和保姆分别带着两个女儿睡觉，我和同事小吴便到楼下娱乐场玩一下，各自赢了三千元，便又回到房间，等她们睡醒出去吃晚饭。

今天午饭吃得晚，孩子醒来后还不觉得饿，便一起散步到附近新建成的"观音像海滨儿童游乐场"玩。这个游乐场里有从两岁到十二岁孩子玩的滑滑梯、秋千、攀岩、蹦床等设施，而且地面铺满了软胶，又打扫得干净，是带孩子来澳门的好去处。

　　游乐场有一部分设施是专供大孩子攀爬的，滑梯离地有三四层楼高，需要攀爬绳网上去，两个女儿根本玩不了，反而我和太太玩得满身是汗。

　　玩了一个多小时，便往酒店方向走，顺路找吃的。大家都不想再在酒店花巨资吃饭，便在酒店附近找了一家茶餐厅，吃了顿便饭。味道不比酒店的差，相同分量，才两百块，满意得很。

　　回到酒店，孩子陆续洗澡休息，我和太太准备等孩子都睡熟后，再到楼下玩。我和她来澳门四次，每次她都满载而归，今晚期待她再次旗开得胜。

澳门杂记（二）

昨天到了澳门，和家人逛了一整天，晚上本想和太太再到娱乐场玩一下，但彼此都已耗尽体力。给孩子洗完澡，没多久她便睡着，只好作罢。

我习惯了晚睡，这次有同事小吴一起出行，便和他在房间里喝酒抽烟。两个人喝了一瓶红酒，彼此知根知底，话也不多，只是不停碰杯，一下子就喝完。我便回到床上拿着平板电脑追看《赌命为王》。

好看吗？只能说娱乐性较强，但我只是为了看崔岷植的演出，也就满足了。看到凌晨两点，迷糊睡去。半夜，大女儿从小床爬到我们床上睡，塞在我和太太中间，翻来覆去，整个晚上被她踢了无数脚，睡不安稳，到早上她又从我身上爬过，回到小床继续睡。孩子睡眠质量好，一下子又睡着了，我和太太被她折腾得没法合眼，今天都有点精神不振。

这次订的酒店没含早餐，我们昨晚已做好准备，买了些面包糕点，又有从东莞带来的各种零食，配着红茶当作早餐。吃完之后，我们便乘的士到氹仔那边的新濠天地游玩。

我本来对这个地方无甚好感，主要为了带两个女儿到那里的"童梦天地"。在澳门，适合孩子嬉戏玩乐的去处不多，昨天提到的"观音像海滨儿童游乐场"是一个，另一个便是新濠天地里的"童梦天地"了。

"童梦天地"在酒店里面，设施都在室内，玩起来比较放心，而且收费合理，平日一大一小收费120港币，可玩两个小时，节假日的价格则是150港币。别小看这两小时，孩子们的精力无穷，不知疲倦，他们可以在园区里疯狂奔跑攀爬，大人只能在后面紧紧跟随，这两小时消耗的能量未必比健身少。

我们在新濠天地的鼎泰丰吃了午饭，无论在中国的台湾、香港，甚至马来西亚的吉隆坡，这家店午饭时候一般都大排长龙，全球的分店之中，似乎只有中国澳门这家不用排队，大概澳门本地美食太多，游客们都看不上这家专卖小笼包的连锁店吧。

出门带着孩子，考虑的并非价格与味道，最重要的还是方便。鼎泰丰的出品一直都有保证，当然谈不上顶尖美食，但起码从不让人失望。四大两小，点了一份小笼包、一份煎饺、一份炸春卷、一碟炒饭、一碗牛肉面、一碗酸辣汤、一碟炒菠菜，两杯饮品和两碗杏仁豆腐，吃得干干净净，没有哪一道菜留下深刻印象，但都觉得不差，买单七百港币，在澳门算是合理了。

接着又在酒店里的巨型免税店DFS（迪斐世）逛了一阵子，这里汇聚了各大名牌。我和太太都对这些大牌子不感兴趣，逛街也只是为了消磨时间，最后她买了一顶粉色的鸭舌帽当作纪念，我们就坐的士回到我们下榻的美高梅金殿酒店。

孩子午睡，我则在客厅办事。待大伙醒来，准备到议事亭前地闲逛，并吃点晚餐。印象中刘德华曾经拍过一部以澳门作背景的爱情小品电影，名字好像叫《游龙戏凤》，剧情已毫无印象，但那部电影拍出来的澳门的确很美，其中在议事亭前地的一些画面，实在让人印象深刻。有计划到澳门旅游的朋友，不妨找那部电影来看看，或许会让你看到澳门的另一面。

澳门杂记（三）

这次来澳门，主要是想陪小孩子玩，但自从两个女儿出生，我和太太约会和谈恋爱的机会越来越少，昨晚趁孩子都睡着，把她们托付给保姆，我便和太太换了一身正装，在美高梅酒店里闲逛。

酒店大堂的天幕广场充满欧陆风情，我们的婚纱照是在巴黎拍的，坐在天幕广场的长凳子上合照，仿佛回到几年前谈恋爱的日子。那时已是半夜十一点半，游客依旧川流不息，娱乐场里更是人头涌动。

以往和太太来，她总会赢点钱，昨晚我们也去玩了一下，不到十分钟就输了一万两千元，彼此都不服气，又换了一万元筹码，认真坐下来玩二十一点，结果把本钱都赶回来，便打算不再玩。

太太说要上洗手间，我在等她的时候把零钱存到角子机，打算把两百多元玩完便离场。好家伙，一按按钮，就中了八千多元奖金。太太从洗手间出来，看我赢了钱，便又坐下来接着玩，玩到凌晨一点半，结果把赢的又输了回去，最后平手离场，但有两个多小时独处时光，也是快乐的。

回房间后我们又喝了一瓶红酒，差不多三点才睡觉。早上起床梳洗后，便乘车到威尼斯人度假村玩，目的是让女儿坐里面的"贡多拉船"。这家酒店刚落成时颇为轰动，酒店的天花板都用油画涂成蓝天白云，让游客身处其中不知时日，里面又仿威尼斯风光建满小桥流水，莫说在澳门，即使在全世界，这样富丽堂皇的酒店也不多见。当然，到过威尼斯本地的人自然瞧不上眼，但对平民百姓来说，如果进去之后不赌钱，的确是个免费娱乐的好去处。

近年澳门又新建了同系列的"巴黎人"及"伦敦人"两家酒店，今天也顺道去逛了一下，美轮美奂，但很多商铺尚未租出，显得冷清，相信再过几个月，旅游业完全恢复，到时肯定会更热闹。

我们明天回东莞，这次来澳门依旧觉得舒服。让人觉得舒服的，不是酒店的金碧辉煌，或娱乐场的纸醉金迷，而是在一些游客罕至的小路上散步，吹着海风，听着浪声，看海鸥在落日染成金黄色的海天之间自由翱翔。一家人坐在路边的长凳上歇息，肩并肩、头靠头地互相依傍。以往在电影里看到这种场面，总会觉得温馨，如今亲历其境，自然倍感幸福。

在这里消费当然不低，但营营役役，为的不就是这一刹那的幸福吗？如今生活虽安稳，但自问没能力也没条件享受那种在电视剧里常见的奢侈生活。在赌桌上，常见人挥金如土，在餐厅里，大摆筵席的更不乏其人。这些生活离我们很远，羡慕吗？偶尔或许有一点，但更多时候，我相信我的生活也值得别人羡慕。衣食不缺，居有定所，家人健康，最重要的是知足，从不杞人忧天，天天带着笑脸，还是让别人羡慕我去吧。

澳门杂记（四）

周一下午两点到达澳门，周四下午两点准时离开，这次在澳门逗留了七十二小时，行程安排得满满，玩得充实愉快。

前两天到处奔跑，昨晚大家都感到疲倦，在酒店吃了晚饭，便带孩子随便逛逛，再回房间休息。等孩子都睡着了，我跟太太、保姆颜姐和同事小吴四人，在房间里的客厅喝酒。昨天买了一瓶麦卡伦雪莉桶十二年威士忌，这种酒一瓶在内地要卖到差不多一千元，在澳门买，一瓶还不到七百元，相当于打了七折，非常值得喝。

前天在大三巴附近的"美珍香"买了肉干，太太在东莞带了花生，我则带了一包西班牙火腿，加上酒店送的小糕点和各种水果，把这些当成下酒菜，一下子就把整瓶酒干完。大家觉得不够，又把酒店冰箱里的啤酒都拿出来喝，喝到凌晨一点，大家各自回房间睡觉。醒来大家都说是近来睡得最好的一晚。

梳洗后，我们就一起到龙华茶楼吃饭。几年前苏美璐小姐曾在这里办插画展，当时我负责协助运输及布置，跟老板何先生相谈甚欢，一直保持联系，今天回东莞之前，带着家人前往探望，彼此都高兴。久未见面，他马上泡了一壶浓浓的普洱，一起坐下来喝茶闲聊。

龙华茶楼已有六十多年历史，布置古色古香，数十年来游客络绎不绝，早已是澳门的一个旅游热点。疫情这几年对澳门旅游业影响甚大，何老板自然无法幸免，生意也受冲击，庆幸他个性乐观，一直说熬过了就好、熬过了就好。以往的龙华茶楼到处挂着鸟笼，爱好养鸟的客人各自提着鸟笼来，互相观赏，也有斗鸟，后来因禽流感而禁止了，养鸟人失去了一个聚会地，但店里还是挂着很多空鸟笼，见证着那些已消逝的美好时光。

除了鸟笼，茶楼里各面墙壁都挂着名家的画，也有老板与名人顾客的合影，我带着女儿到处观看，她看到先生的照片马上大喊："蔡爷爷、蔡爷爷。"挂在先生合影旁边的，还有黄霑先生的照片，可以看出当年的龙华茶楼是文化名流会聚的典雅之地。

以往店里的点心都是蒸好了，任由客人自取，所有点心价格统一，买单时老板点算蒸笼来收费，所以店里没有菜单，简单明了。如今点心的价格还是相同的，每笼三十港币，但已改成现点现蒸，老板说受疫情影响，客人减少，备好的点心经常卖不完，相当浪费，便变成现在的模式。庆幸的是味道不变。坦白说，这里的点心并非特别出众，但都是家的味道，如今在澳门任何餐厅酒楼，都很难吃到三十元一笼的点心，这里的出品对得起价格，更对得起远道而来的游客。

店里最好吃的是葱油鸡和炒面。葱油鸡软滑入味，但我在内地久了，尤其是常到清远，觉得这道菜虽然出色，但也并不惊艳。炒面则是古老粤式做法，一个面饼，里面软滑、外层酥脆，上面淋上浇头，虽叫作炒面，但并非炒制的，广东以外的游客很少会吃到。一行六人，吃了一份炒面、半只鸡、六笼点心，加上一壶香浓的普洱茶，买单四百二十元。如果在酒店里吃早餐，加上服务费，一个人就得三百多元，吃的东西也只是一般的自助早餐，毫无特色，还不如到这里品尝一下传统的味道。

如今此类古色古香又摆满文物的餐厅已不多见，而且价格合理，大力推荐给到澳门旅游的朋友。

平淡生活

浅谈连载

昨晚看完了《赌命为王》第二季的最后一集，一开始以为只有两季，便放心追看，到最后才知道原来第二季还不是结局，下一季不知道什么时候才播放，也不知道总共有多少季。这种感觉就像别人请客吃饭，吃了两道菜后一直等着下一道菜上桌，厨房却久久没动静，肚子饿，又不好意思催，左右为难。以后追电视剧之前，一定确保已经有了结局，我才追看。

我以往在香港有看报的习惯，那时候也不喜欢看连载小说。每天追读连载小说，会成为一种压力，而非享受，加上以前网络没有现在发达，报纸逾期不候，无法补购，一旦有一天家里没买报纸，就等于错过了一章小说，后面再读便失去了连贯性，是一种不好的阅读体验。

现在流行的网络小说也是以连载方式为主，我从来只看已经完本的。有些小说追读得入迷，作者忽然停止更新，把读者晾在一旁，不闻不问，仿佛在酒吧艳遇，聊得火热时，对方忽然说要上洗手间，让你稍等，结果等到酒吧打烊，却再没看到对方影踪，让人恼火。

日本漫画也有同样现象，比如*Hunter × Hunter*，其中文翻译为《全职猎人》，故事精彩，画风充满童趣，吸引了大批读者。作者富坚义博早已成名，收入丰厚，这部作品算是他的游戏之作，并非赖以为生，所以经常休刊，最开始是休息几个月，到后来就一停一年，甚至几年。从1998年3月开始连载，至今休刊七次，二十多年了，才写了四百集。最近一次于2022年10月重新连载，画了两个月，到十二月又停更了。这部作品似乎已等不到结局，但世界各地的读者依然抱有希望，还有一个专门的网站，收集读者留言，要求富坚义博更新。

我自己也写过小说，当年有一篇在学校的文学月刊里分七期连载，讲一对高中情侣在七天里发生的故事，也算有几位读者追看。后来我曾经在微博写一部关于测字的小说，将自己测字的经验，结合古老的测字故事和香港流传多年的都市传说，糅合成一部长篇小说，但写完第一章后，因没有分配好时间，便没有再写，至今依旧抱憾，也深感愧对读者。

之前说过，今年想写一部志怪小说，资料已整理得差不多，也有了大纲，随时可以动笔，但写连载小说，并非一件随意的事。己所不欲，勿施于人，我对停更烂尾甚为反感，当然担心自己成为同样的人，所以迟迟未有开始，每天写多少字、在什么平台发表，也是一直纠结的问题。但，总是要开始的，只期望开始之后，能一气呵成，把故事写完，给读者们一个交代，好不好看是其次，最重要是有始有终。

写这些短文，从一开始每天都提醒自己要写，到现在，像吃饭喝水一样，成了生活的一部分，过程并不煎熬，毕竟写作是自己的爱好，而且想到每天追读的朋友，对他们有一份责任心。如果有一天我开始连载小说，请诸位督促，莫让我成为自己最讨厌的那种人。

偶尔思甜

爱喝酒的人，一般都不太喜欢吃甜的。我算是例外，因为我的喝酒经历有点不同。我从小就不会喝酒，只喝一口啤酒都会脸红耳热，到内地工作后，少不了交际应酬，才慢慢逼自己喝酒。到现在每晚都喝，求的只是睡个安稳觉，并非真正享受品酒。由于我爱好的不是酒的味道，而且酒量也只算一般，称不上酒徒，所以对甜食也从不抗拒。

翻看以往的微博，经常会拍摄好吃的甜食，并用《偶尔思甜》作为标题。我近日减肥，晚上常饿，对甜食思念不已，只能看着照片望梅止渴。

最能代表香港的甜食的，应该是雪糕车的软雪糕吧？漆上蓝白橙三色的雪糕车，里面装着一台软雪糕机器，坐着一个收银员，在热门旅游点停靠路边，行人走过，都纷纷把钱递进车窗，几秒钟后，收银员变出一个软滑香浓的软雪糕甜筒。小时候卖五元一个，那年代一份报纸才三块钱，这个软雪糕算卖得挺贵了。在路上遇到，必央求父母买一个给我吃，那股浓郁的奶香、绵软的口感，当时的我认为这简直就是天下最好吃的东西。长大后当然吃过更香浓、更软滑的软雪糕，但雪糕车的雪糕，是从小烙印在脑海里的美好回忆，无法取代。现在雪糕车已越来越少，在路上碰到，也定会驻足购买。

在东莞住得久，最爱吃的甜食是佳佳美经营的"水乡美食城"做的眉豆糕。我第一次吃是跟着先生出差时，眉豆糕用一个薄薄的长方形铝盘子蒸熟，紫紫灰灰的一碟，正是倪匡先生所说的暧昧颜色。中间看得到一颗颗或完整或切开的豆子，一整片眉豆糕用刀子划成十来小片，用筷子夹起，颤腾腾的，充满弹性。送进口中，先是微甜，然后是豆香，细嚼便吃得出五香粉的味道，甜中带咸，错综复杂，是从未试过的味道，忍不住一片一片地吃，一盘一盘地点。后来每次到这家店，先生也会专门给我点这道甜食。如今水乡美食城已跟随佳佳美工厂搬迁，并改名为"喜悦水乡"，由原班人马继续打理，水准保持得很好，价格不变，环境则比以往豪华。

父亲是潮汕澄海人，我当然也喜欢潮汕的各种甜食，最爱的是芋泥。芋泥做法非常繁复，先要把芋头去皮、切块、蒸熟，先用大刀碾碎，再用猪油爆香葱段，放进锅中细火慢炒，过程中要不停翻拌，加入砂糖，芋头越炒越黏稠，手持锅铲不停搅拌，阻力甚大，甚为费劲。由于材料便宜，芋泥卖不上价钱，已越来越少餐厅愿意做这道甜点，即使在外面吃到，也是搅拌机做出来的，跟传统制作的无法比较。只有回到澄海，吃家庭主妇在家里做的，才是正宗味道，不会太甜，拿勺子舀起，再让之流回碗中，可拉出一道浅紫色的"丝绢"。芋头结合了猪油的滑、干葱的香与砂糖的甜，即使明知道每一口都会让人长肉，也忍不住大口品尝，最后再喝一小杯工夫茶，茶香与芋香交融，是完美的味觉体验。

如今身体发胖，已不敢放肆嗜甜，但只要把这些味觉都用文字记录下来，仿佛都已吃了一遍，已觉满足。

最怀念的，还是香港正街的源记甜品，我母亲以往在正街开服装店，我从小在正街长大。源记的那一碗杏仁露，是爷爷的最爱。他烟抽得厉害，呼吸系统有毛病，只有喝杏仁露能缓解咳嗽，几乎每天都喝，我跟在旁边，也跟着吃几口。源记的杏仁露，真真正正用杏仁磨粉熬制，甜度适中，那股杏仁清香，我一直记得。

如今店已关门，但店里的装潢、杯碗、收银的柜台、门口玻璃橱窗摆满的清蒸蛋糕、老伙计们的笑脸和话音，还有小时候和爷爷的相处，仍时常出现在梦里。本店虽关，人也远离，但分店早就开在我脑里，让我可偶尔思甜。

浅谈消夜

近日减重，午饭一般都只吃一根黄瓜，早晚餐如常进食，但尽量减少吃主食。十天左右，减了三斤，进度合乎预期，持续下去，两个月应能顺利减十斤以上。

这段时间，最难熬的是晚上十点后，我习惯了晚上十二点之后才睡，晚餐又在六七点左右吃，一到半夜，特别怀念消夜的日子，越想越难受，但减肥嘛，哪有不挨饿不吃苦就能瘦的道理？只有强忍饥饿，多喝点酒，让自己尽快入眠。

太太常说，我们家深夜食堂的餐牌可印成一本菜单。我们消夜一般都配酒，香脆味浓的小吃是最常做的。家里有空气炸锅和烤炉，要做脆口的夜宵并不难。用一片吐司面包，涂上牛油，剁碎蒜头撒在上面，放进空气炸锅，180摄氏度烤六分钟，就是蒜蓉吐司，是最简单的吃食，配白葡萄酒甚合适。家里有时候存有美珍香的肉干，放进微波炉里热一分钟，外焦里嫩，适合配白兰地。谢霆锋自从做了《十二道锋味》节目，也开了淘宝店，他店里的香肠很好吃，按照纸盒上的指示放进烤箱，几分钟就可以吃，也是精彩的小吃。

有时候晚餐吃得不够饱，或与太太运动之后，会想吃点主食。各种即食面是家中常备的，常吃的是韩国的农心辛拉面，就这样煮已很好吃，如果加一把香菜，味道更是浓郁。日本乌冬面也常吃，天气热的时候，煮熟了用凉水冲一下，淋上酱油、芥末、芝麻油，既消暑又解馋。碱水面并不适合存放在家里，我跟常平竹升面的老板斌哥是老朋友，有时候到他店里吃，会打包几捆面回家，就用清水煮开，然后淋上老恒和太油和猪油，就很好吃，如果再撒点虾子，可媲美任何面馆的出品。如果家里有西红柿土豆牛腩汤，我必留着一大碗，半夜用来煮意大利空心粉，冬天晚上吃一碗，再喝一小杯威士忌，可安稳入眠睡到日上三竿。

潮汕人爱喝粥，消夜时常吃的是银鱼粥。冷水下锅，加入银鱼和冬菜，切几片瘦肉，煮开了把冷饭倒进去，再煮开，即撒香菜末、胡椒粉，最后打一个生鸡蛋进去，冒泡即熄火，用大碗盛出，鲜甜温润，吃一碗刚好满足口腹之欲，又不会太饱。感冒时喝，发一身汗，虽无根据，但我确信有疗效。想要清淡点，可喝碗白粥，但配菜必须有玉蕾牌咸带鱼、高邮的咸鸭蛋和澄海的咸菜，这本是潮州传统早餐，但当成夜宵也无不可。

上海沈大成牌的葱油饼也是消夜恩物，用平底锅两面各煎两分钟便可以吃。如果想吃甜食，我会在葱油饼上涂焦糖酱，再切几片香蕉铺满表面，最后淋上巧克力酱，又咸又甜，味道搭配极佳，做给小朋友吃，没有一个不喜欢的。甜的还有各种果干，在香港买的永吉街柠檬王、菲律宾的杧果干，还有冬天时存在冰箱里的柿饼，各切成小片，配各种芝士，都是绝配，喝一杯气泡红酒，仿佛到了外国旅游。

消夜不是一个好习惯，对身体无益，但很快乐呀！边消夜边看电视剧，听着妻儿的呼噜声，再徐徐入眠，人间极乐，莫过于此。努力减肥两个月，又可再吃十个月的夜宵了。

闲日杂记

昨天一整天头晕乏力，晚上开始有点打喷嚏流鼻水，便吃了两颗幸福伤风素，连酒也没喝，就睡觉去。久未试过晚上十一点睡着，今天七点半便起来，已觉痊愈。

为了安排两个女儿到香港上幼儿园，需要办理一大堆手续，目前已接近尾声，今天要处理的，便是到东莞公证处，让太太声明她同意两个女儿申请赴港。办理这道手续，需要先到司法检验中心进行"滴血验亲"，确保我是两个孩子的生父；拿到检查报告，再到公证处，由公证员询问各种细节，确认太太同意我把孩子接到香港定居，才能出具公证书；最后凭着这份公证书，才可以到出入境部门，为孩子办理"前往香港通行证"，也就是我们所说的"单程证"。

一早到公证处排队，前面已有十来人在等候，从轮候到把手续办完，历时两个多小时，是最近办理这些证件以来耗时最长的一次，而且临时通知我们证件需要复印，让我们在公证处里的一家私人复印店里付费处理。其实如果提早在公众号里提醒，可让市民提前准备，节省彼此不少时间，在其他政府部门办事，并无此例，不知为何公证处需要这样处理。

虽然耗时甚久，但把事情办妥，总是值得高兴的。如今只需等五个工作日后拿取公证书，便可到出入境部门为孩子提交申请表格。接下来便是漫长的等待，在网上查找资料，有人说三个月就可以拿到香港居留权，也有人说需时两年，各处乡村各处例，并无统一说法，这也不是我们能催促的事，只有耐心等候了。

香港家里的装修工程已竣工，新订的家具也已全部送达，下次回去便可以在新房间居住，相信孩子会喜欢。

生活总是充满无数琐事，申请孩子的居港权暂时告一段落，接下来便准备一家人开车回湖北，拜祭岳母。

岳母在我和太太相识之前已离世，自从和太太一起，每年都会陪她回去拜祭，也看望一下岳父。我从小在香港长大，即使义父母在澄海，也算小康之家，一直以来从未试过在农村生活。每次陪太太回去，心里总有点抵触，但回头一想，她既跟随着我，又愿意适应她不喜欢的香港生活，我每年陪她回一趟老家也是应当的，便慢慢接受。

从东莞出发到她老家湖北省荆州市监利柳关，距离有一千三百多公里，不停开车，也要十一小时左右。带着两个小孩，途中自然要停歇，之前试过一次，先从东莞开五个小时车到江西省赣州市探望太太的姨母，歇一天，翌日再开五小时到江西省会南昌，玩两天，才再开六小时车到监利。回程的时候从监利开往湖南长沙，只需三个半小时，又在当地旅游两天，最后一口气开九个小时回到东莞，历时十天。

这次趁清明前回去拜祭，没那么多时间可以逗留，今天开始计划行程，后天准备出发。其实多年来已习惯到处奔走，但每次出门，总得做好准备，搜集好资料，才能少走冤枉路，节省时间。虽然至今还是不适应太太老家的生活，但换个角度想，可让孩子体验不一样的居住环境，让她们多看人间疾苦，也许会让她们更懂得珍惜现在的幸福，这是千金不换的经历。这么一想，这趟旅程便有了不同的意义，值得一游了。

办证件记

　　昨天到公证处办声明书，准备为两个女儿申请香港永久居留权，本以为要下周才能拿到，结果公证处人员说声明书上打错了一个字，让我们今天早上去修改。本想发火，但对方接着说，修改完便可直接领取，比原定进度快了一周，因祸得福，喜出望外。

　　早上先把母亲送上回港的车，便一家人出发去公证处拿证书，半小时便处理好，趁时间早，便立即到出入境部门提交资料。之前来过一次，把表格领回家里填好，又拍好了一家人的证件照，之后连亲子鉴定及公证书都全部准备妥当，以为到现场递交便可离开。到了才知道，原来所有表格必须用黑色墨水笔填好，又需要把照片全部贴好，到了现场需要重新再填写。

　　这份申请单程证的表格共十四页，比当年高考的卷子还厚，两个女儿都需申请，即总共需要填写二十八页。当初在家里填写，花了两个小时，这次有了经验，虽然填得较快，也花了大约一个小时。填完后马上去递交表格，对方说已经是午饭时间，让我们下午两点再来。我们只好在附近找家面馆，随便吃顿午餐。午餐后还有大把时间才到两点，便带着孩子到商场里逛了一圈。等呀等，好不容易等到一点五十分，我们便到出入境大楼门外排队，准备进去交表格。以为自己到得早，却发现已有十几人排在我们前面。

两点钟办事处准时开门，人潮涌入，我们前面又挤了差不多二十人，我们只好乖乖跟在后面。等了二十分钟，才到我们递交表格，工作人员一页一页慢慢检查，检查完了，以为一切妥当，对方才施施然告知，原来还要拿号到办事窗口递交表格，再重新审查一遍。这时已经是两个女儿平时午睡的时间，可怜她们累得全身乏力，倒在我们身上。我忍不住向工作人员抱怨，说如果要取号，为什么不让我们先取了再检查？如今要排在十来人后面，我们等无所谓，但两个孩子最近感冒，实在经不起折腾。幸好对方也体谅孩子，便给我们开了绿色通道，特别安排了一位工作人员为我们办理手续。

到了柜台，再一次详细检查资料，然后是一连串的签字、拍照、捺指印程序，非常烦琐，但工作人员也忙得头昏脑涨，我们便不忍心抱怨了，反正大家也是这样做的，即使无奈也只能忍受。终于，在下午四点半把所有手续办完了。工作人员告知，如果资料正确无误，短则四个月，长则八个月，女儿们便可以拿到前往香港的证件，我们终于放下心头大石，明日可以安心出门去湖北了。

现在回想，内地的政务如今大部分都可以在手机上预约办理，输入资料错误也可及时修改，省却不少麻烦，也更环保，不知为何申请单程证需要如此烦琐的程序，要跑好几个地方。现在我们一家虽然办妥手续了，但全国每天仍有不少人需要办理这项事务，如果也能全程手机办理，会方便得多。我亲眼看着国家一步一步变得现代化，期待出入境部门也能跟随，让更多人感受得到科技的力量。

祭岳母记（一）

除了2022年因小女儿出生且全国疫情严重，跟太太相识以来，我每年都会陪她回一趟湖北监利老家，一来是她思乡情重，二来是为了拜祭岳母。

岳母在太太十七岁那年病故，太太一家除了岳父，还有两个哥哥和一个弟弟，只有她一个女儿。两位大舅都不甚思念故乡，只有太太最念旧，每年最少抽空回去一次，有时亲戚邀请，她也会一年回去两三趟。

今天早早起床，收拾好行李，准备早点出发。路途遥远，又带着两个女儿，最好是分两天开车，第一天能开多远是多远，直到疲惫了才找就近的城市停歇，睡个好觉，第二天午饭后出发，可在晚饭前回到太太老家。

虽然早起，但女士收拾行李不如男人干脆，而且即使整天都在车上，无须见人，也要化个美美的妆，结果还是拖到了中午十二点才动身。把行李装到车上，大箱小包，加上天气闷热，已似夏季，一身大汗，把车里冷气打开，喘几口气，便驾车出发。

天气预报说这两天会有狂风暴雨，本已做好堵车的准备，庆幸天公造美，沿途虽有雨，但路况畅顺。从东莞家里出发，出发时有微雨，天气温暖，先出东莞，途经广州，一口气开了两个半小时，到了清远，便停下来休息，随便在休息站买了点小吃当成午餐。现在广东省大部分休息站都干净整洁，而且种植了各种植物，时值初春，沿途花团锦簇，也算赏心悦目。

停歇了半小时，便又启程，再开两个小时，从广东直入湖南，经郴州市，到达衡阳，又停车休息。下车感到一阵凉风吹来，出门时只穿了短袖，略觉寒冷，似有秋意，大家匆匆忙忙上了洗手间，继续赶路。

这时已是下午四点多，昨夜没睡好，沿路开车甚费神，便换太太开一个小时，我则在后座陪两个女儿聊天玩游戏，一下子便到了湘潭市，汽车燃油耗尽，也正好停下来让太太休息，我接着开。

加满油后，已是傍晚六点，天色渐昏暗，我们本可在湘潭市停歇，但考虑再三，觉得今天多开一阵子，明天便较轻松，最后决定奔往长沙才下榻。先把酒店订好，便赶最后一段路。

看导航显示，需要两个小时，便咬紧牙关，坚持往前走。晚上七点，天色全黑，高速路上竟没有任何路灯，开得心惊胆战，而且沿途有雨，外面天气颇冷，即使在车里也感觉到寒意，堪比广东的严冬。这时饥寒交迫，两个孩子又未吃奶，便让太太先在手机上点好外卖，到了酒店就可马上拿到，进房间即可用餐。

我们在晚上八点到达长沙万豪行政公寓。以往跟先生出差到北京，常住这家酒店，有亲切感，而且价格合理得很。女儿一进房间，便大喊："我好喜欢这里。"我们出门旅游次数不少，但第一次听到她说这句话，小孩子的观感最直接，房间干净宽敞，且原木色和纯白色的布置很温馨，相信这也是孩子喜欢的原因。

把太太提前订好的外卖打开，是湖南有名的杀猪粉，其实就是猪杂粉，但汤底加了大量胡椒，先喝一口汤，辣出一身汗，已驱走寒意，再吃一口粉，爽滑香浓，便觉一日疲劳都已吞尽肚里，非常满足。

吃饱后安顿两个女儿洗澡，哄她们入睡。她们坐了一天车，都已疲惫，很快入眠，我才安静下来写这篇文章。明日打算睡到自然醒，吃完午饭，才继续行程。一日狂奔两省，途经数市，又仿似经历了四季，相信今晚不必喝酒，也可安然入眠。

祭岳母记（二）

昨天一路狂飙，从东莞开到长沙，抵达后身心俱疲，吃完晚餐，梳洗之后便安然入睡，这是近年来难得不用依靠酒精便能入眠的日子。

一觉睡到早上九点半，精神饱满，才有空看看酒店窗外的景色。入住的长沙万豪行政公寓在梅溪湖畔，窗外可看到湖景，但说实话，只能算好看，不觉惊艳，也不会怀念。可能跟天气有关，虽已差不多四月，但湖南的天气依旧阴寒，这几天下雨，天空灰茫茫的，连湖水也映照得混浊，湖边也没有游人，一片冷清清。

酒店的房间倒是舒适，我们住的是两卧室套房，进去便是客饭厅，一张长餐桌可坐六人，沙发也柔软宽敞，甚至可当成单人床来睡。两个房间也大小适中，浴室热水稳定，用的沐浴露和洗发水是"thisworks"（哲思惟客）的，这个品牌的产品香气怡人，以往用过这家的助眠喷雾，有淡淡的柑橘香气，闻着相当舒适，的确有助睡眠。后来有了孩子，担心这种喷雾对婴儿有影响，才改为喝酒。

一向对酒店的自助早餐兴趣不大，便打开手机，点了些粥和春卷，一家人一起吃。又看到有家叫"京馔"的面包店，九点半有新鲜出炉的牛奶吐司，看看时间，刚好九点二十五分，便要了一条。面包九点三十五分送到，马上到楼下取，进房间打开包装，尚带微温，奶香扑鼻，马上拿出一片来试。外层酥脆，里面层层叠叠，柔软得像戚风蛋糕，面粉和牛奶的香味混合得恰到好处，忍不住又吃一片，是我近年吃过最好吃的面包，再喝一杯普洱茶，满足得想再在酒店多住一天，翌日再吃一份同样的早餐。

想是这样想，太太当然不同意。她归心似箭，吃完早餐，便开始收拾行李。这家酒店的环境较好，又有一个大浴缸，就让孩子们先在这里把澡洗了，玩个痛快，再出发往监利。

出发时已是中午十二点，我们把早上买的吐司和酒店送的水果当成午餐，也足够饱肚子了。从长沙出发到监利，车程约三小时，路上车不多，开得畅顺。长沙与监利之间只隔了一个岳阳市，这座城市最有名的是岳阳楼，与黄鹤楼一样，因文成名，但风光其实一般，到了也只是缅怀一番古人，除非顺路，否则不值一游。

连接湖南、湖北的是荆岳大桥，桥的中间便是两省交界。很明显的是，桥的北边全是油菜花，一片黄澄澄，赏心悦目。过了桥后视觉冲击更强，天空灰茫茫，路的两边都是民居平房，眼前一望无际，仿佛天空之下，全是开得茂盛的黄绿色菜花。

美景当前，路上车少，一路开得轻松，一下子便到了太太的老家监利柳关。坦白说，比多年前第一次来的确是干净了，但依旧是"落后"的，至少，还没有肯德基或麦当劳等任何快餐店看得上此地的市场。

到达后我们先奔岳父家里看望，其实我和他之间没有话题，但他是太太的父亲，血浓于水，必须尊重，而且他还没见过小女儿，这次回去，主要是让他见面。

拜访后便在附近找旅馆下榻，以往出发前总会在手机上提前预订，但这里的都是家庭式旅馆，手机上预订不到，只有一家一家去看。最后找到了六公里外的小镇瞿家湾，这里有一家"梦湖客栈"，算是干净，便住了下来，把行李搬上楼梯，再到附近找饭店吃晚饭。

这小镇不大，据说以往是热门旅游景点，不知为何现在游客不多，但有一家老店叫"瞿家湾饭店"，屹立多年，便走进去吃。才五点多，这里已坐了五六桌人，相信是当地最热门的食店了。我们点了卤牛肉、粉蒸肉、清炒番薯叶、黄骨鱼茭白汤和干锅刁子鱼，主食则点了发糕，其实就是广东的白糖糕。味道的确不错，分量又足。印象最深的是黄骨鱼茭白汤，鲜甜无比，在家里也能轻松做到，买单两百八十元，当成交学费，学会一道新菜，也不算贵。东西吃不完，又打包回去给岳父吃，才回酒店休息。

这里毫无夜生活，晚上七点过后，到处漆黑，加上天气寒冷，适合睡觉，正好能好好休息一晚，明早去拜祭岳母。

祭岳母记（三）

　　昨天晚饭后，本打算早点回酒店休息。天气阴冷，春雨绵绵，本应好睡，但习惯难改，九点开始躺在床上，辗转反侧。太太说不如出去消夜，我正在减肥，不大想去，但想到她一直怀念家乡食物，便陪她出去走一趟。

　　离酒店不远便是瞿家湾的镇中心，开车过去两分钟便到，路上只有几个摊子在营业，人多的一档叫作"湾仔麻辣烫"，便走了过去。太太一直以来爱吃麻辣烫，尤其爱吃海带，看到了双眼放光，这家在一张大圆桌上放了一个火锅炉，客人爱吃什么自己从炉中取出，吃完把竹签放在碗旁，最后数签子买单。我对麻辣烫兴趣不大，但店里还有其他小吃，其中有湖北口味的卤水菜，比广东的辣一点，颜色漆黑，看上去并不吸引人，但味道却一点也不差。

走进店里挑选，里面灯光明亮，难怪比另外几家生意好。东西好不好吃是一回事，但干净明亮的店面总比乌灯黑火的吸引人。见卤菜盘子里放着各种肉食，有常见的五花肉、猪脚、牛腱、鸭翅、鸭头等，也有广东少见的猪尾和整只的鹌鹑，便点了两条猪尾、两个鸭肾和一只鹌鹑，就坐在门外的大圆桌旁等店家加热。

圆桌上坐满了食客，一桌可坐十人，来的多是三五知己或一家大小，只有我们是一对夫妻坐在一起吃。大家随意在炉中取出烫熟的食材，怕辣的可在另外的一格清汤中再烫一下，洗去辣油，但时间久了，清汤也被辣油染红，作用不大。

门外还有一个炒档，可点炒面或炒饭，还有炸饺子。已是深夜，又在减肥，我不敢多吃主食，便要了份炸饺子。一份十五只，二十元，包的是瘦肉馅，老板炸得干爽酥脆，里面的馅料也清新不腻，一下子就吃干净了。本想再来一份，想起还有卤菜，便忍住了。

卤菜上桌，全部食材剁碎了放在一盘，都是黑漆漆的，已分不出是什么，但香气确实诱人，便点了一瓶酒作配。平时都是为了喝酒而做下酒菜，这次是为了吃菜而点酒。虽然外表不吸引人，但各种食材的味道和口感各有不同，猪尾软糯，鸭肾爽脆，鹌鹑香嫩，一口菜一口酒，外面寒风习习，但身体滚烫，头顶直冒汗珠。吃完买单，共九十六元，在这种乡下地方算是贵了，但也觉值得。

回到酒店，洗漱后马上睡着，房间开着暖气，半夜不知是因为吃了辣菜，还是暖气太强，口干舌燥，起来连灌两瓶矿泉水，还觉燥热，便把暖气关掉，才一觉睡到天亮。

起床后立即梳洗，准备出门拜祭岳母。瞿家湾离岳母墓地十五分钟车程，开车回到柳关镇上，按本地习俗买齐祭品，便与岳父及小舅集合，从他们家里走往墓地。说是墓地，其实只是一个小丘陵，立了乡村里一些长辈的墓碑，四周长满了油菜花和蒲公英，难得今天天公作美，阳光普照，景色极美，如非四周都是墓碑，本该多拍些照片留念。

带着太太和两个女儿上坟，给岳母烧香祝祷，然后把祭品焚化，最后点了烟花和鞭炮，这次清明前的拜祭便算完成。拜祭后跟着太太的步伐走回柳关镇上的菜市场，吃了她从小爱吃的汤面。五块钱一碗，足以果腹，却毫无滋味可言，但对太太来说，这碗面是她记忆里的味道，我虽不觉好吃，但也能理解她的乡愁。

之后又到太太以往读书的柳关中学转了一圈，买了个风筝，本想带着女儿玩一下，但一下子又下起雨来，甚为扫兴，只好收拾好东西匆匆忙忙回到酒店，让孩子午睡。

这次陪太太回乡，最主要的任务已经完成，一年才回来一次，便打算陪她多待两天，明天陪她走访亲戚，后天早上再与岳父吃顿饭，才启程回东莞。

今晚是迪拜世界杯赛马日，是一年一度的盛事，二十多年来我从未错过，这次陪太太出门，应该不能好好观赏了，但人生总有选择，有了选择，便要牺牲。为了太太的快乐，牺牲一次赛事，也无不可。总想鱼与熊掌兼得，只是自寻烦恼。

祭岳母记（四）

昨天已经拜祭岳母，但太太久未回柳关，陪她回来，能多待一天就是一天，今天早上起来，随便吃了点面包，便陪太太开车到监利市中心。

虽说柳关也属于监利，但其实离市中心还有三十多公里。在内地三十多公里也许不算什么，在香港，三十公里大概等于从元朗到中环的距离，一点也不近。

监利发展得不快，十年前第一次来，跟现在区别依旧不大，大约就是内地四线城市的水平。我分辨内地城市的水准有两个，一是麦当劳和肯德基的数量，这两家快餐店数量越多的城市越发达，这是不容置疑的；另一个是滴滴打车响应速度，大城市一分钟必能打到车，两分钟的是二线城市，三到五分钟的是三线，五到十分钟的是四线，如果十分钟都打不到车，只能算乡村了。在监利，大约六七分钟可以叫到车，按我的标准，算四线城市了。

开车四十分钟，到了市中心，我们到一家叫"粥堂里"的饭馆吃饭。这家店已有五六年历史了，开在监利最繁华的百晟广场，之前每次回来都会吃一次，里面有一道花生焖鸡脚非常好吃，焖得烂熟，又有辣椒和花椒非常开胃。这家的白粥也非常好吃，不输广东人做的，熬得软绵，在湖北非常难得，我之后就随太太去买些床具给岳父。

岳母早丧，岳父自己一个男人，不爱收拾。太太每次回去看到家里脏兮兮，都心里难受，每次都会买新衣服及床具给岳父，并帮他换上新的。结果每年回来，岳父还是穿着旧衣服和睡着旧被单，哪怕漆黑且有油垢都不换，说了多年也如此，只每次等太太回来换新的，再坚持一年。虽然我看不过眼，但也没办法，毕竟是太太娘家人，还是要爱惜。

之后返回瞿家湾住的旅馆，两个女儿午睡，太太专门把新买的床单清洗了，只有真正爱家的人才愿意手洗被单。看着太太劳碌的身影，既心疼又爱惜，娶妻若此，夫复何求？

一下子就到了晚上，之前两晚都在"瞿家湾饭店"吃，今天想换口味，便在楼下的餐馆吃，想不到味道也不差。点了烩卤拼、清炒黄瓜、牛三鲜锅和菱角米焖五花肉这四道菜，食材新鲜，里面不含一点味精，其中最好吃的是菱角米焖五花肉。菱角焖得软熟，入口即化，五花肉吸收了菱角的清香，爽滑香嫩，我狂吞了一大碗。

这些菜都用猪油来煮，我最近在减肥，但实在好吃，只好不吃主食，寄望就算不能减重，至少也不发胖，便学酒徒，只点两瓶酒来配菜，从六点吃到七点五十分，肚子胀得不能再胀，便回酒店歇息。

明天早上再回柳关看望一下岳父，便打算回程，午饭后开车到湖南郴州，休息一晚，后天睡醒便从郴州开回东莞，这次拜祭行程便告一段落。

这次陪太太回乡，印象的确比以往好得多，路上比以往干净了，吃的东西也满意，最重要的是旅馆干净，每晚一百六十块，非常便宜，也让俩女儿看到了农村风光，虽然旅程疲惫，但还是快乐的。

其实看我文章久了的朋友都知道，我是一个很容易满足的人，只要家人快乐，我便快乐。这次出门数天，女儿和太太各取所需，也就值得了。

祭岳母记（五）

昨天是陪太太回老家的最后一天，晚上在酒店楼下的小餐馆吃了一顿满意的晚饭，不自觉地喝了两瓶劲酒，回酒店立刻写文章，然后倒头就睡，那时才八点多。睡梦中朦朦胧胧听到两个女儿陆续在我身边喊我，太太也叫我起来洗澡，但一点力气都没有，转过身去又接着入眠。

恍恍惚惚地一直睡，直到半夜渴醒，太太和大女儿已经在我身边熟睡，看一眼手机，已是十二点半。第一件事是担心文章没写，打开微博一看，才想起已经写好，重读一遍，庆幸的是大醉的情况下写出来的文章还不算糟糕，便起床找水喝。房间开着暖气，唇干舌燥，连续喝了两瓶矿泉水，便起来洗澡。洗完后清醒了，便打开"喜马拉雅"，躺在床上听了一会儿相声，又接着睡了。

早上六点多，太太起来，说要回一趟柳关，为岳父换上前一天买的新床具，又说要吃点家乡早餐才满足，让我继续睡。说实话我也无力起床为她开车，便翻过身去继续打鼾。睡到九点，起床看手机，太太说已经回来，怕吵醒我们，自己在楼下洗车。她是一个闲不住的人，正常女人，怎么可能大冷天自己提着水管去冲洗汽车？幸好这些年来我已习惯她的率性而为，否则会被她吓死。起床梳洗后，太太也回到房间，带来了她心心念念的家乡早餐，有热干面、炸饺子和炸油饼。

早餐这回事，一方水土养一方人，我是吃不惯湖北早餐的，偶尔吃一次，觉得不错，如果天天如此，肯定吃不消。就像北京的炒肝，当地人说多美味都好，我都觉得比不上广东的猪杂汤。当然，太太也吃不惯广东人的白粥油条，所谓夫妻，就是彼此为了对方去接受自己原本不适应的东西，才能长久，否则何必结婚，如何共处？

吃完早餐，收拾好行李，便准备启程回东莞。昨日预订了湖南郴州的温德姆酒店，打算开五个半小时，便在郴州歇息一晚，吃当地的杀猪粉。十一点出发，沿路畅通无阻，天气晴朗，不到三点，便已到了湖南，再开一个多小时，便到郴州，途中到了朱亭休息站，停下来吃点东西。这个休息站是湖南省内最有特色的，当年是绿皮火车站，如今改成休息站，保留了火车站台的布置，还有一个绿皮火车头供旅客参观，打扫得干净，里面的餐点也热腾腾、香喷喷。我们买了一笼豆沙包、一笼菜肉包，打算在路上吃，便接着赶路。

车上，我问太太累不累，如果不累，不如直奔东莞？她说想到要住旅馆，更累，还是更怀念家里的床，便同意了。于是我先把预订的酒店退掉，把导航的目的地改成东莞的家，一看，还需七小时，晚上十点可以到家，两个女儿在车上边看预先下载好的动画，边吃零食，舒服得很，也就放心接着开下去。

沿路停歇了三次，每次都是解手后继续开车，路宽车少，速度开得很快，结果九点钟就回到家，比计划提前了一小时，相当满意。到家前半小时，又是请太太先订好外卖，到家马上可以吃。开了一整天车，食欲不振，想喝点热汤，便点了一碗鲈鱼米粉来吃，味道虽然一般，但一碗热汤下肚，人也就舒坦了。

这次拜祭岳母，历时四天，开车超过两千公里，住的地方不如大城市舒适，但沿路风光秀丽，且出门这几天，湖北忽然好天气，而东莞却风雨大作，我们算是挑上了好时节，非常幸运。出门旅游，总有顺逆，着眼于弊端，永远都不会快乐，珍惜一点点小幸运，人就很容易觉得幸福。

浅谈《维京传奇》

昨天一路从湖北开车回东莞，节省了一天时间，今天可安坐家中，处理各项事务。后遗症是开车太久，昨晚睡前头晕脑涨，摇摇晃晃，躺着坐着都不舒服，只好又倒一杯威士忌助眠。

前阵子追看的《赌命为王》两季播完，下一季遥遥无期。另一部全球热播的韩剧《黑暗荣耀》，等太太有空再陪她一起追看，此类女性复仇剧我一向兴趣不大，但太太应会喜欢。看什么好呢？有了Disney+、奈飞及Prime Video，选择太多，也是烦恼。最后决定看奈飞的《维京传奇：英灵神殿》。

我爱玩电子游戏，最喜欢的系列之一便是《刺客信条》，这个系列的游戏以真实的历史作为背景，在历史的空白处涂上颜色，既不篡改真实的历史，又将制作人的创意及幻想加了进去，糅合得天衣无缝，认真欣赏可学到许多历史知识。加上游戏的建筑背景，都是派专门的团队去考察，一点一滴都尽量真实地画进游戏里面，其中有一集是讲法国大革命的，将巴黎大部分传统建筑都一砖一瓦地完全复制。据说巴黎圣母院焚毁后需要重建，专家们都建议根据游戏里的圣母院做蓝图，并请制作该游戏的公司Ubisoft（育碧娱乐软件公司）提供资料，这可算电子游戏对现实世界最大的贡献了。

《刺客信条》推出的最新一集《英灵殿》，是以维京人侵略欧洲大陆为背景。游戏光盘早已买好，但迟迟没开始玩。对这个系列的游戏，我有一种痴迷，每当出新一集，我都会购置一大堆相关的历史书来读。游戏虽未玩，但维京人的历史已读完。

现在的北欧虽分为挪威、芬兰、瑞典及丹麦四个国家，但其实祖先都是维京人。其生长于苦寒之地，自然资源匮乏，只有靠掠夺维生。即使在现代，从北欧跨越北海，到达欧洲大陆，也不好走。当地天气酷寒，且风高浪急，当年的维京人单凭人力，撑船渡海，往往需时十天到半个月，途中无陆地可停歇，累了饿了都在船上解决，遇到风雪也没有遮挡，不知道有多少人丧生于惊涛骇浪之中。为了生存，他们到了英格兰，掠夺沿海的修道院，然后飘然而去，一站一站地抢，最远甚至到达了俄罗斯。他们让欧洲人闻风丧胆，比成吉思汗入侵欧洲，还早了几百年。

维京人的惊人意志及生命力值得敬佩，但也不能美化他们残杀掠夺的行为。读完维京人的历史，我能感觉到生长在当代的太平盛世有多幸福。设身处地，不管当时是维京人还是欧陆人，都会为了抢夺自然资源而面临战争，无论是谁，为的只是生存下去。正应了我们老祖宗的一句话："天地不仁，以万物为刍狗。"

　　读历史、看剧集、玩游戏，都是娱乐，而我们能安坐家中享受这一切，都是因为前人的庇荫。昨晚看了两集《维京传奇：英灵神殿》，制作精良，风景优美，也跟我读过的历史吻合，我看得投入，不知不觉入眠。梦里，看到千百小舟，载着牛首巨人，横渡冰天雪海，号角声传万里，悲壮雄伟。这部电视剧，值得追看。

写作心路

这些短文，从二〇二二年十二月中开始写，每天千字以上，至今已超过一百篇，其间从未断稿，即使出门在外，我也时刻记挂于心；就算身体不适，亦尽力伏案完成，为的是不辜负厚望。

十余年前，微博刚诞生，卢健生兄应该是第一批使用的先行者，他把微博介绍了给先生，先生又在报章专栏提及，我按图索骥找到微博，创建账号，开始与先生交流，并有幸因此与先生及诸多网友结缘。

当年的微博的确有趣，没有那么多收费的功能，大家畅所欲言，当年微博唯一的规定，就是字数不能超过一百四十字，大家发布的文字都言简意赅，更因此衍生出了一百四十字的"微小说"。后来先生在微博上征集了一批，并交给香港天地图书出版，印刷成书，作者们都收到了，当成纪念。回想起来，这些往事距今也有十一二年了。

到后来，朋友圈开始流行，玩微博的人逐渐变少，毕竟对比文字，大家可能更喜欢看照片，而且朋友圈里都是熟人才能看到，微博则是任何人都可阅览，有部分重视隐私的人都放弃了微博，转投朋友圈怀抱。

一直仰慕当年在报章写专栏的作家，他们不必依靠图片吸引读者，只凭笔下文字，就能掀动读者思维。当年没有网络，作者能够吸引读者追读文章，所有口碑都仰仗着手中的一杆笔，是真材实料的文字功夫。我是一个自傲的人，自问有能力做到，所以至今文章不配图。

作为爱好写作的人，自然希望自己的文章越多人看到越好，我并不介意把自己的日常生活在微博里公开，也尽量秉持先生教导的一个"真"字，毕竟看我文章的读者之中，有不少是身边相熟的朋友，容不得弄虚作假。这是散文而非小说，如有虚伪之处，必被身边人唾弃。父亲曾问我，把自己的家庭和生活如此坦诚地交代在网络上，会否不安？我跟他说，我从不高估自己，每天看我文章的也只有那么一百人左右，能被人记挂，已是幸运，没必要想得太复杂。

昨晚翻看电脑里的文稿，已有十三万字，对全职作者来说，这数字当然微不足道，如今网上写作平台众多，随便一个网络小说作家，一天就写三五千字；勤奋的，一天一万字是常态；更拼命的，每天三万字也有。当然，写得多的前提是有利益驱动，我写这些文章至今没赚取过一分钱，但不影响我继续写下去的热情，因为这是兴趣。

多年前报读大学，父亲希望我读经济或工商管理这些能看到钱的学系，但我依然坚持报读中文系，因为骨子里还是以文人自居，写作能赚钱当然好，即使没有收入，也是一种雅趣。后来我有段时间放弃了写作，心里总有不甘与挣扎，如今既然重拾这份爱好，自然不能轻易丢下。当初是因为跟编辑朋友打赌而坚持，如今每天写，为的是给自己一个交代。无论日后出版与否，这些文稿都记下了这段日子的经历，对我、对家人、对朋友来说，都弥足珍贵。

吃在元朗（上）

我们家2008年从香港西营盘搬到元朗居住，不经不觉已十五年，对这一区也算熟悉。前些年在内地定居，今年回来频繁，庆幸之前吃惯的店还一直开着，味道也依然保持水准。

我们家住的位置在元朗边沿，叫作屏山，步行到元朗市中心，大约两公里，沿着轻铁路轨的两边走，这条路叫元朗大马路，是我最常散步的路线了。

离我家最近的常吃食肆是"新东阳潮州鱼蛋粉面"了，这家的鱼丸全是采用从流浮山捕获的海鱼做原料，不敢肯定是否手工制作，但味道香甜，口感软滑弹牙，在元朗没有找到更好的了。其他地方的，我也觉得没必要去试了，反正从家里走到该店，也就十五分钟，想吃非常方便。除了鱼丸，该店的牛腩也不差，谈不上最顶尖的水准，但也至少值八十分，最重要的是不像那些名店需要排队，随时可以吃到，而且价格合理。我到该店，一般点一份牛腩捞粗面、一碗净鱼丸，再加一杯柠檬可乐，买单九十二港币，吃得饱饱。

说到粉面，另一家有特色的便是"嘉丽园潮州粉面"。这家店在元朗屹立数十年，专门做牛腩牛杂，在这里牛的各个部位基本都能吃到，牛杂的品种可以说是全港最齐全的。有人说吃内脏不健康，我才不管，又不是天天吃，偶尔吃一次，不可能出毛病。如果第一次去，点一份"腩杂十宝"好了，大部分牛杂部位都有了，最基本的牛肚，也被分成"金钱肚"和"草肚"，另外还有牛肝、牛肺、牛粉肠、牛竹肠等，味道浓郁，焖得软熟，每个部位都有不同的口感和味道，值得一试。如果想吃奇特的，也有牛鞭、牛睾丸、牛欢喜等，我都试过，并不觉得特别美味，只是满足猎奇心理而已。

还有一家有名的粉面店，叫作"胜利牛丸"，牛肉丸在这里是主角，在香港算是相当突出的，但我长居内地，经常吃到潮汕手打的新鲜牛肉丸，这家的牛肉丸就有点看不上眼了。其他东西也不算突出，但如果真的想吃牛肉丸，这家店还是值得去吃的。

说了几家粉面，也说说饭店，有一家叫"老广靓汤"的，虽说主打炖汤，但我更爱吃的是他们家的铁锅饭。用铁锅煮的煲仔饭，锅底的饭焦均匀香脆，我喜欢他们家的咸鱼五花腩饭，用的马友咸鱼，与切成薄片的五花肉一起放在饭上煮，锅盖一开，香气四溢，上面铺满姜丝和葱粒，再淋上自家调配的豉油，每次吃一锅都觉得不够，还想再吃。点睛之笔在饭上的几粒枸杞，有时候五花肉吃腻了，吃到一粒香甜的枸杞，正好调和，既添色，又增味，实在聪明。

这些店都没有外卖，每次想吃，都要走路到店里，消耗了体力，到店里吃得更加满足，饭后又缓步走回家，正好当作消化。以往都独来独往，如今带着妻儿，来回走这段路，更觉愉快。

吃在元朗（中）

　　元朗的范围甚大，加上附近的乡村，堪比一个小县城，我主要的活动范围都在元朗大马路一带，但已足够宽阔，吃的东西也种类甚多。

　　这里除了常吃的粉面馆，也有不少我喜欢的连锁餐厅。连锁餐厅不一定是差的，只要经营得好，定价合理，我也不会拒绝。

　　元朗警署对面的元朗广场顶楼有一家"牛角日式烤肉"，有一阵子我经常自己到该店吃晚餐，一份一人套餐，有多种牛肉部位，一个人慢慢烤，边看电子书边吃，可消磨一个傍晚。该店的牛肉水准不差，虽不是顶尖，但五百港币一份套餐，有前菜有肉有米饭有甜品，还有安静舒适的环境，在香港已算难得，分店应该不少，如果遇到，不妨一试。

　　走到远一点的千色广场，地面有一家"Mos Burger"（摩斯汉堡），是一家日式汉堡店，面包松软，肉饼汁多嫩滑，芝士和番茄也都有水准，比麦当劳好吃百倍，如果偶尔想吃汉堡包，这家店是我的不二之选。

以往元朗有一家翠华餐厅，但近年不知道为何，这家茶餐厅的分店数目大幅减少，似乎这位老朋友即将离我们而去了。除了翠华，香港做得特别好的茶餐厅并不多，元朗更少。最近常光顾的叫"光荣冰室"，比不上翠华，但在元朗已算不差的。最主要的是离我家近，在外卖平台上下单，十五分钟便能送到，非常方便。该店有翠华赖以成名的"仿鲍鱼丝火腿通粉"，味道还是略有出入，但早上起床能吃到一碗，聊胜于无，已经知足。

偶尔想吃西餐牛扒，我会到YOHO MALL里的"Outback"（澳拜客）吃。这个品牌我从中学时期便爱吃，那时候一顿晚饭五六百港币，觉得甚奢侈，但和同学们久久才吃一次，印象深刻。这家餐厅的牛肉大块、厚实，吃起来甚豪迈，但其实味道平平无奇。我喜欢的是他们的黑糖面包，到店必给一大块，热腾腾上桌，涂上香甜的牛油，看着乳白色的牛油在黑漆漆的面包上融化，未吃进口已垂涎。还有他们家的烤甜薯，是牛扒的配菜，真的是甜得漏蜜，是最美味的甜品。店里还有各种鸡尾酒，吃完牛扒喝一杯，再在户外的阳台抽根烟，是完美的一餐。

YOHO MALL里还有几家连锁中餐厅，与家人常去的有"莆田"，妈妈是福州人，对福建菜有感情，该店的红糟菜色做得很好，妈妈每次吃都说有家乡味。除此之外，还有各种鳗鱼菜，但坦白说，都没有那年跟着先生到福建罗源吃到的鳗鱼好。最好吃的是他们的炒米粉，米粉细得像头发丝般，用猪油加入海鲜来炒，香气扑鼻，又不会撑肚子，百吃不厌。

一家人如果难得聚在一起喝早茶，除了老式的大荣华酒楼，就是YOHO MALL里的"王子饭店"了，价格虽然高，但出品确实不差，而且很宁静。坐在里面吃一顿安逸的早餐，各自看喜欢的报章，似乎成了家庭聚会的一种仪式，趁最近常团聚，还是想多享受这种感觉。

吃在元朗（下）

元朗有很多特色食店，也保留了不少大排档，更有不少出色的路边小吃。我在这里住了好几年，也有很多没吃过的餐厅，但小吃的确试过不少。

进入元朗大马路的第一个公交车站旁的街叫作"又新街"，下车往又新街里走几步，就会看到"亚玉豆腐花"，是由一位客家女士经营的，至少有十来年了。豆腐花这东西，好坏的差距可以很大，做得不好的，一股石膏味，口感像布丁，毫无豆味，吃了倒胃口。这家店开业至今独沽一味，只售豆腐花，豆味香浓，滑嫩无比，只有吃过才知道，有机会一定要试试。

这条路上还有一家叫"串王烧烤"的店，全天烤着各种食物，香气四溢，我最爱他们的烤鸡翅，香脆多汁。有时候从市区坐车回到元朗要一个多小时，饿了就会一直想着下车吃一只鸡翅，喝一碗豆腐花，越想越饿，恨不得下车改乘的士，赶紧去吃。

从又新街往元朗市中心方向走，有一家经营了数十年的饼店，如今已成为香港名牌，叫作"荣华饼家"。当年尚未有大榄隧道，从香港市区到元朗交通极为不便，一来一回要花一整天时间，但一直有人专门坐车来买这家店的老婆饼。这种广东人的小吃，外皮层层叠叠，香酥爽口，馅料清甜香滑，吃过的人总会回味，但吃多了也会觉得腻，只适合偶尔吃一点。老婆饼作为手信倒是合适。

荣华饼家附近还有一家老面店叫"好到底"，之前也介绍过，该店的面条爽脆又充满面味，云吞皮薄馅香，牛腩也焖得香酥入味，每一样都好吃，只求这些老店能一直经营下去。

元朗甚多南亚人士居住，他们"自成一国"，有一条小街专门卖他们的吃食，走进街里，随便一家店的咖喱羊肉都有水准，还有印度人爱吃的饼，叫作"Naan"的，与新疆人的馕大同小异，但总觉得印度饼较酥软，买一份咖喱、一个饼，花不了多少钱，好吃又管饱。

虽说南亚人在香港属于少数族群，但第一代到香港后定居多年，如今已开始发展到第二或第三代，势力渐大，我从小习惯与印巴人士接触，也爱吃他们的食物，看到越来越多的南亚食店，深感香港人对文化的包容，也为印巴朋友感到高兴。

另有一家在元朗发家的"生记山西刀削面",从一家小店开始经营，到现在已有数家分店，味道的确不错。我没吃过正宗的刀削面，但这家生记的面很有嚼劲，面条宽大，沾满酱汁，吸进嘴里，满口香浓，配上各种卤水浇头，也是值得一试的小店。

写了几天元朗的食肆，还是觉得有太多餐厅未有介绍，另有更多餐厅未曾尝试。很快，女儿便会在元朗上幼儿园，到时候就可以趁她上学的时间一家一家慢慢去试，再推荐给大家。

春日最佳享受

清明时节雨纷纷，广东这个时候天气最烦人，潮湿闷热，到处湿漉漉的，衣服怎么晾晒都不干，连键盘鼠标都是黏糊糊的，显示屏和电视机也总有一层水雾，窗户的玻璃一直滴水，连身上的皮肤都感到蒙上了一股湿气，相信没几个人会喜欢这种感觉。

日子还是要过的。每天祈求着阳光普照，但始终乌云密布，浓雾绕城，把家里所有的空调打开，抽湿机的功率调到最大，依旧无甚作用，只能忍受。这种天气，食欲不振，还是吃点辣的，刺激一下肠胃，发一身汗，再洗个热水澡，才稍觉舒适。

最先想到的是马来西亚的椰浆饭，那一勺子叁峇酱拌在饭里，又香又辣，加上干烧咖喱牛肉，还有炸得酥脆的江鱼仔和花生，想到就垂涎，但无论是在香港还是在东莞，都找不到马来西亚当地的味道，看来要找机会到吉隆坡吃了。

　　我怀念的还有在清迈喝过的冬阴功汤，又酸又辣，里面的虾爽滑鲜甜。尤其是虾头，浸满了辣汤，剥开虾壳，把虾头掰下，送到嘴里，用力一吸，一股酸辣滚烫的热汤直奔肠胃，那种刺激，没有其他食物可以代替。当年和太太在清迈旅游，她连喝了一周冬阴功汤，回国后口腔溃疡，折腾了半个月才痊愈，以为她从此害怕，但之后每次吃泰国菜，她点的第一道菜都是冬阴功汤。

　　麻辣火锅在东莞经常可以吃到，太太也是海底捞的忠实粉丝，每月最少吃一次，但吃来吃去，始终觉得比不上在重庆当地吃的美味。别人都说要去什么老店、什么洞子火锅，我觉得连锁店已不差，随便一家都好吃。最爱吃的是脑花和腰花，食材本身有个性，搭配麻辣汤底更是天衣无缝，只是重庆天气比广东更潮湿，还是等秋高气爽的时候再去比较舒服。

　　肚子饿的时候，最想吃的是一碗咖喱牛腩饭，以往翠华的马来咖喱又香又辣，是我最爱吃的午饭，如今已难找到翠华，只好在家里做，但始终调不出相同的味道。幸好元朗有一家叫"石岗咖喱屋"的，这家店的咖喱味道同样香辣浓郁，且羊肉比牛腩好吃，也能刺激胃口。

　　更简单的，是在家里煮一碗方便面，把汤倒掉，加入豉油和元朗嘉丽园的辣椒酱，撒上葱花、香菜末，最后淋上一勺烧滚的猪油拌匀。这家的辣椒酱一百港币一小罐，一点都不便宜，但辣椒酱能吃多少呢？一罐也能吃半个月到一个月，这样算起来，其实并不昂贵，尤其是现在这种鬼天气，有一勺辣椒酱来拌饭拌面，已是最大的享受。

我们改变不了天气，但至少要想办法让自己舒服一点，吃点辣吧，直到脑门冒汗、身体滚烫，把这可恶的湿气全部排清；再喝一杯热茶，泡个热水澡，最后用毛巾把全身上下擦得滴水不沾；然后把冷气调到最大，躲进被窝，追看一部自己喜爱的电视剧，便是这个季节的最佳享受。什么赏花踏青、登山观雾，留给文艺青年去拍照发朋友圈吧。

长女三岁记

　　大女儿泲豊的生日是四月六日，她昨天刚满三岁，第一次在香港与她过生日，给她买了蛋糕，也买了点玩具，一家人其乐融融。她从出生至今，带给我们的欢乐远多于担忧，一直觉得她是上天赐予我们最好的礼物。如今她已能流畅说话，可以清晰表达自己的需求，经常会撒娇，让我们给她买各种玩具或零食。我和太太大部分时间都会满足她的愿望，但偶尔觉得她得寸进尺，便会严词拒绝，她虽会扁起嘴巴，但从不哭闹撒泼，在同龄小孩里已算难得，作为父母，我们不能再对她苛求了。

　　这次回港，主要是为了给泲豊找幼儿园，前几年因为疫情，一直没机会为她办理香港身份证，如今申请，需时数月，已赶不及今年九月为她报读免费的幼儿园，我们在元朗为她找了一家全英语教学的私立幼儿园，学费并不便宜，但如果能让她打好英语基础，也是值得的。和太太商量过后，我决定先让她读一年私立幼儿园，待明年九月再转到公立幼儿园，对她也不会有太大影响。如今她已三岁，有交友需求，便决定回东莞先找一家幼儿园让她上几个月，这样九月到香港上幼儿园，她也会比较容易适应。

今早从香港出发回东莞，因为行李不多，没有如往常般叫七人车直接回家，而是坐车到落马洲口岸过关，然后再到深圳皇岗村里的"香攸米粉"吃午餐。这家店算是太太最喜欢的小店了，只要路过深圳，她都必定要去吃一碗木耳米粉，疫情前曾陪先生到该店吃了一次，先生也觉得不错。店里只有十来个位置，但能在深圳皇岗村经营了十多年，凭的就是这碗米粉。老板香姐是湖南人，做的是传统攸县米粉，用猪骨熬汤底，烫熟米粉，里面有一只煎蛋，上桌前再淋上炒好的木耳肉丝，撒上葱花，香喷喷地上桌。汤底清甜，米粉爽滑，木耳肉丝炒得入味，碗底的鸡蛋吸满了浓汤，蛋黄还是溏心的，十四元一碗，做的都是熟客生意，客人络绎不绝。

我和太太各自吃了一碗，又加了一份红烧猪脚，老板娘看着我两个女儿长大，另外免费做了一碗清汤米粉给她们吃，一家人吃得饱饱，才三十元。有其他省份的朋友到深圳旅游，让我介绍餐厅，我必定推荐这家小店给他们，大家到店里，第一反应都是觉得我在开玩笑，怎么可能给他们介绍这样一家小馆子？但吃过之后，大家都觉得满意，如今再次推荐给大家。

吃完米粉，我们叫了一辆车直接回东莞，从深圳回到家里，车程一小时，费用三百二十元，比坐七人车从香港直接回去虽然多花了点时间，过关也没那么便捷，但如果不算吃午餐的时间，也不过多半小时而已，这样却可省下近一千元，以后如果经常来回，这条路线还是比较可取的。

回到家把行李放好，便立即带大女儿去幼儿园办理报名手续，她从下周一开始上课，到七月放暑假，共三个月。女儿非常喜欢幼儿园的各种设施，报名后带她回家，她已经迫不及待地问什么时候可以上学。作为父亲，第一次亲自送女儿到幼儿园，心情是复杂的，既担心她会像其他孩子一样，第一天上学大哭大闹，又期待她上学后会学到更多知识。孩子一天一天长大，小女儿也一岁多了，回想起来，她们成长的每一个瞬间像电闪般在脑海划过，如梦一场，但愿能陪着她们经历一切，不错过任何刹那。

无难事

　　昨天回到东莞，无法收看海外电视节目。前几天在香港，每晚等两个女儿入睡，便与太太一起追看奈飞的韩剧《黑暗荣耀》，回来之前用平板电脑下载好，昨晚点了些烧烤，倒了一大杯威士忌，边吃边看，直到大醉，才关掉平板电脑睡觉去。如今生活安逸，吃着喜欢的食物，追看精彩的剧集，已觉满足。其实同样的事情，如果换了一个人在身边陪伴，就未必是同样的感觉，庆幸这些年来，身边都是她，彼此虽有意见不合的时候，但大部分时候还是相濡以沫，夫复何求？

　　我们以往习惯晚睡，女儿也跟着我们晚起，每天都睡到九点多才起床，大女儿下周要到幼儿园上学，今天特意调了八点的闹钟，与她一起早起，一同适应。家里用的是小米音箱，闹钟响起，是孩子欢快的语调，叫我们起床，然后就开始播放儿歌，并不像传统闹钟那么刺耳。女儿听到熟悉的歌声，也徐徐醒来，跟着哼唱，连续哼了三首，便起床梳洗，不像平常我们强行把她叫醒般闹脾气。

我们起来后陪着大女儿洗漱，小女儿跟着保姆颜姐睡，也在八点半醒来。她每天醒来，脸上都挂着微笑，最近开始学说话，起床后便挨个叫爸爸、妈妈、姐姐、姨姨，听到我们的称赞，她笑得更灿烂，小孩子的快乐就是这么简单。我烤了面包，泡好了茶，一家人坐在饭厅，吃了一顿惬意的早餐。

今天澳大利亚悉尼将举办全年最重要的赛马一级赛之一的"悉尼杯"，同日将转播九场赛事，从早上十点半开始，直到下午四点左右结束，明天又有十一场香港赛事，两天加起来共二十场，需要花长时间研究，我陪着女儿早起，也就多了一个小时查阅资料。

昨天天气晴朗了一点，今天又变得阴沉，但起码空气比之前干燥，没有了湿漉漉的感觉，已谢天谢地。温度还是有点微凉的，但马上便到四月中旬，广东天气也会回暖，马上便进入夏天，可以放心地穿短袖短裤，也不用经常担心孩子着凉感冒了。近来是流感高峰期，香港小表弟一家七口无一幸免，但经历过新冠，已觉得流感是小事，当然，能避免还是尽量避免。后天孩子上学，还是要为她准备些口罩。

常言道"太阳底下无新事"，但其实生活当中，每天都有新挑战，就像玩电子游戏，天天都会面对新的关卡，唯有积极想办法去应对，万一解决不了，便尽力逃避。人生总不可能一帆风顺，总有过不了的难关，绕路而行并非懦夫，停滞不前、怨天尤人，才最可恨。

活了三十几年，如果幸运，人生算过了一半。如果不幸，也许已过了一大半，经历过的大小逆境都不算少，幸好从小爱读苏轼文章，才一直能笑着面对。当然也有落魄难熬的时刻，但也只是短时间，一阵子就忘记了。难关总有过去的时候，就像今天这篇文章，睡得不够，大脑闭塞，但写着写着，也就完成了，天下哪有什么难事嘛。

把手松开

初二的儿子马上就十五岁了，成绩只是一般，考上高中的机会渺茫，但太太不愿放弃，从今天起安排他逢周日补习英语，希望他能在明年中考前提升成绩。虽然我从不介意孩子的成绩不好，但作为父母，还是要为他的未来负责，哪怕到最后结果不理想，起码彼此都尽力了，总好过未来互相埋怨。

我是家中长子，从小父母都让我独立，我三四岁的时候，父亲就让我自己从家里走到校车站坐车上学。我六岁时，父亲就让我自己学会坐地铁，从上环站坐车到柴湾站，要我背熟整条港岛线的每一个车站。到十岁左右，他就让我自己从香港坐船到汕头，让义父母到码头接我到澄海。这些经历，造就了我不怕孤单、不依赖家人的性格。现在回想，我也觉得父母对我狠心，但事实上，也确实对我的成长有极大帮助。

如今轮到我自己当父亲，我也把父亲给我的教育，灌输到孩子身上。但人与人之间始终不同，即使是父子，性格也大相径庭。同样的教育方式，得到的结果未必一样。

前阵子，我们曾让他自己坐高铁到湖北，从家里出发，要先到蛤地站坐地铁，到达虎门高铁站，然后刷身份证进站乘搭高铁。我开车送他到地铁站，让他自己坐地铁，刚把他放下准备驱车回家，还没开出一个路口，就接到他来电，说手上没有钱，买不到地铁票。我就跟他说，找地铁工作人员问问，现在所有地铁都可以用微信支付购票，根本不需要现金，他才惴惴不安地挂线。

不到三分钟，又接到他的电话，说自己已经进站了，但不知道要坐哪个方向的车。其实出发前我已预想到他第一次坐车会迷茫，提前把整个流程用文字发到他的微信上。不会买票，尚可说是第一次出门经验不足，但如果连字都懒得看，就绝对是习惯了依赖我们，这不可纵容。我听完他说，让他自己看文字，便挂了线。没想到他问不到我，便打电话找妈妈，问同样的问题。

这次回湖北的路上，他只要稍觉迷惑，便打电话回家求教，其实"路在口边"，只要有礼貌地询问路人，一般都会得到友善的回复，但他一向脸皮薄，不大乐意向陌生人求教，怕被拒绝，任何事都依赖我们。从此，我跟太太说，以后遇到问题，让他自己解决。

　　我不知道别人对孩子有什么厚望，一直以来，我对他的教育，都只是希望能训练出他独自生存的能力。从十岁开始，我就让他学习做各种家务，学会自己洗衣服、煮面，起码在生活上不劳烦别人照顾，到如今，这些生活琐事，他都能独立处理了。近两年的暑假，我们让他参加军训，希望他变得坚强和有担当，对得起他一米八几的身高，现在，他也会主动照顾两个妹妹。但我还是不满意的。

　　我常跟他说，作为家里的男人，有一天我不在了，一家子的女人都需要他去照顾。他似懂非懂，每次跟他说，他都坚定地点头答应，但长久以来，也只是答应而已，从未真正做到。也许，男孩成熟还需时间。反省自己当年，我也同样让父母失望吧？从男孩变成男人，大概需要无数次碰壁撞板，也许，我们需要做的，就是把两双一直保护着他的手松开。

朋自远方来

在先生身边工作十余年，其中最重要的事务便是代先生与各家出版社接洽，商讨出版图书事宜。多年来合作过的出版方颇多，近年联络最频繁的是博集天卷，从2018年开始，几乎每年都会出版先生的新书，一直与我联系的是王远哲先生，多年以来，我负责把文章分类、组合，把文档交给王先生，再由他安排校对、审核，最后安排印刷、出版，合作无间。

现代人工作，有手机和电脑作为沟通桥梁，虽然与王先生认识多年，但至今只在2018年于北京见过一面。前些天收到他的信息，说要到广东出差，经过东莞，想碰个面，我欣然答应，并邀请他到家里吃饭。昨天王先生来信息，说晚上七点就可到达我家，便立即与太太外出买菜，准备为他做顿家常饭。

晚上六点四十五分，王先生到了我家楼下，我马上下楼接他，虽然只见过一次，但彼此几乎每周都经微信联系，已相当了解对方。我个子不高，王先生身材修长清瘦，比我高出十来厘米，下楼碰到他，马上认出，便上前握手，然后带他回家吃饭。王先生从我的文章中知道家里有两个女儿，给她们带了两个洋娃娃，又得悉太太爱吃榴梿，专门准备了一个果篮，非常感激。

到家后马上请他落座，先让太太帮忙招呼，我则到厨房把两片腌好的牛扒切粒，用橄榄油爆香蒜片后炒出，又从烤箱里拿出烤好的乌头鱼，调好酱汁，淋在鱼上，便开始吃晚餐。除了鱼和牛扒，家里保姆颜姐炒了一盘空心菜，煎了点潮汕拜神肉，还有一点白灼虾。我又从附近的潮州菜馆"论潮"点了些卤水鹅肉和鹅肝，配酒下饭皆宜。

我俩久未见面，当然要痛饮一场。我在外应酬从不喝酒，但在家里请客，则可放开怀抱畅饮，问王先生爱喝什么，他说无所谓，我便把从香港带回来的一瓶威士忌各倒了一杯，加上冰块，边吃边喝。

酒酣耳热，开始互道家常，原来王先生比我还小四岁，有一位四岁大的千金，两个父亲平时聊的全是公事，喝酒后谈的都是育儿经验，又聊起彼此的读书经历。我们都是体育迷，聊起足球、篮球也没完没了。太太和女儿早就吃饱了下桌，我们则把桌上的菜吃得干干净净，威士忌喝完一杯又一杯。

王先生偶尔也读我的文章，谈起将文章结集出版之事，他在出版行业工作多年，编辑过多本畅销书，给了我很多有用的意见，让我对日后的写作有更明确的方向。不知不觉聊了两小时，王先生奔波了一天，已有倦意，就不强留他，陪他到楼下打车回酒店歇息，并约定了以后到北京时，定要再聚。

我是一个高傲的人，身边朋友甚少，王先生与我认识多年，彼此工作上合作无间，昨晚算是第一次交心聊天。难得彼此有诸多共同爱好，性格也相若，有朋自远方来，当然高兴。想起中学时期交的朋友，如今各散东西，已甚少联系，我冷漠的性格当然是主因，但道不同不相为谋，实在做不到虚情假意地交际，情愿保持身边清净，把真情实意留给家人，和寥寥几位挚友。

图书在版编目（CIP）数据

过有松弛感的人生 / 杨翱著 . -- 长沙 : 湖南文艺出版社 , 2023.9

ISBN 978-7-5726-1374-6

Ⅰ . ①过… Ⅱ . ①杨… Ⅲ . ①散文集 — 中国 — 当代 Ⅳ . ① I267

中国国家版本馆 CIP 数据核字（2023）第 156811 号

上架建议：畅销·文学随笔

GUO YOU SONGCHIGAN DE RENSHENG

过有松弛感的人生

著　　者：	杨　翱
出 版 人：	陈新文
责任编辑：	匡杨乐
监　　制：	于向勇
策划编辑：	王远哲
文字编辑：	张妍文　王成成
营销编辑：	黄璐璐　时宇飞　秋　天
封面设计：	利　锐
版式设计：	梁秋晨
插　　图：	视觉中国
内文排版：	谢　彬
出　　版：	湖南文艺出版社
	（长沙市雨花区东二环一段 508 号　邮编：410014）
网　　址：	www.hnwy.net
印　　刷：	河北鹏润印刷有限公司
经　　销：	新华书店
开　　本：	875 mm × 1230 mm　1/32
字　　数：	185 千字
印　　张：	9
版　　次：	2023 年 9 月第 1 版
印　　次：	2023 年 9 月第 1 次印刷
书　　号：	ISBN 978-7-5726-1374-6
定　　价：	48.00 元

若有质量问题，请致电质量监督电话：010-59096394

团购电话：010-59320018